Hverdagshumor

&

Tankespind

Af

Keld Berger Graugart

Kolofon

Hverdagshumor og Tankespind

© 2021 Graugart, Keld

Forlag: BoD – Books on Demand, København, Danmark
Tryk: BoD – Books on Demand, Norderstedt, Tyskland

ISBN: 9788743028055

Kilder og inspiration:

Hverdagsfortællinger fra mund til mund…
….mund til øre
Egne, familie og venners omgangskreds,
egne tidligere skrevne bøger baseret
på virkelige menneskers oplevelser
Inge Damm – ”De Indfødte Australier”
Jan Larsen - Kina-korrespondent

Hverdagshumor

&

Tankespind

2020

Nogen børn bliver født
Nogen børn bliver adopteret
Andre downloadet
Jeg er trukket i en automat

Keld Berger Graugart født 15. oktober 1951 på Islands Brygge.
Uddannelse: Elektriker / Selvstændig
Andet på CV`et: Forfatter og Fotograf
Tidligere sport :   Løb, sportsdans og sortbælte 3. dan i taekwondo

Forord

"Man burde skrive det ned!"

Det har jeg hele min barndom hørt de voksne sige, mens deres personnumre langsomt udgik. Det blev ikke dem men mig.

Stamtræer og slægtshistorier der gik tabt i en skuffe og smidt ud da boet blev gjort op. Familier der ikke kan huske længere tilbage end til deres bedsteforældre Fortiden der dør hen som et lys der forsvinder i en dyb historisk tunnel, hvor vejen tilbage bliver lang og mørk.

Da jeg selv er barn af den historieløse 60`er -generation, har jeg set det som min pligt at være historieformidler for min slægts efterkommere. Jeg var med til dronning Margrethes bryllup. Godt nok i en lysmast uden for Holmens Kirke, men hvad betyder det? Vi var der begge to historisk set med tyve meters afstand. Det kan hun så prale lidt med.

Jeg har oplevet den sidste halvdel af det 19. århundredes fantastiske teknologiske udvikling i et fredeligt Danmark i frihed og velstand. En frihed som vi efterhånden har lært at tage for givet.

Jeg har samlet, hvad jeg kan huske af sjove og eftertænksomme episoder, med små novelleagtige historier trukket ud af tidligere udgivne bøger, da jeg synes, at det danner et billede af samtiden.

Hverdagens smil og humoristiske oplevelser med børns logiske tankegang. Små sjove indslag man grinte af og glemte igen. Men også de alvorlige og eftertænksomme, da humor strander i alvoren. Tanker om den hverdag og de medmennesker der omgiver os. Uforklarlige hændelser i form af lidt spøgelser der kikkede forbi og forsvandt igen. De tomme spalter, foret og udfyldt med, ikke for mange men, lidt ørehængere og vittigheder der har gjort sig fortjent til en genfortælling.

Smilet er den korteste vej mellem to mennesker

Folk over 30 år burde være døde

Hvor heldig kan man være – jeg overlevede.

Jeg tænker med rædsel på min opvækst i 60`erne i det forrige årtusinde. Tro det eller ej min barneseng var malet med blybaseret maling. Tremmerne havde alt for stor afstand og medicinflaskerne havde ikke børnesikring. På legepladsen skrabede jeg knæ og albuer til blods. Jeg drak vand fra vandposten i gården, delte sodavand med andre. Vi drak af samme flaske.

Spiste hvidt brød, smør og drak sodavand med sukker i uden at blive overvægtig, for vi var ude og lege hele tiden og kom først hjem når det blev mørkt. Ingen kunne få fat i os, før vi kom hjem igen.

Brugte timer på at bygge sæbekassebiler og race ned ad bakker uden bremser. Vi faldt ned fra træer, skar os, stod på hovedet over cyklen, brækkede arme og ben, slog tænder ud. På byggelegepladsen trådte jeg store rustne søm op i foden og blev sendt videre med plaster på og et "frisk dreng græder ikke". Ingen blev sagsøgt efter disse uheld, skylden var helt min alene. Trods mange advarsler var der ikke mange øjne der blev stukket ud. I stedet for PC-spil og Facebook havde jeg rigtige venner som jeg gik ud og fandt. Røde kinder, glimt i øjet og en glubende appetit.

Som voksen skal jeg nu tage ansvar for mit eget liv.

Jeg får bøder for at køre på cykel uden lys og uden sikkerhedssele i bilen. Det er for min egen skyld, for ellers belaster jeg samfundet. Jeg har, i dagens penge, betalt 5 millioner i skat og brugt skadestuen under ti gange. Kan ikke få oplyst hvor meget jeg har til gode. At køre uden sele koster mig 1500 kr i bøde og måske også et klip i kørekortet. Det er for min egen skyld. Jeg har vænnet mig til at køre i bil med styrthjelm, for hvis jeg træder ud og begynder at ryge, så falder der brænde ned. Cigaretter skader mig. Det er for min egen skyld. Jeg bed mig selv i tungen en dag så det blødte, men jeg skulle ikke have sagt noget. Det kunne let have kostet mig en bøde på 500 kr.

Jeg er glad for at `Big Brother` holder øje med mig og påtager sig ansvaret for mit liv. Så må jeg betale hvad det koster.

Det er for min egen skyld.

Dødsfald

”Mor, hvorfor er flaget på halvt?”
”Det er en mand der er død”
”Nåee..så nåede han ikke at hejse det helt op”

***

Ligtoget passerede forbi
”Hvem er det der er død?” blev der spurgt
”Jeg tror, at det er ham i kisten”

***

En mand kom ind i blomsterbutikken rasende over at de, i hans
navn, havde sendt en krans til en reception med teksten
”Vores dybeste medfølelse”
Blomsterdamen undskyldte
”Det er desværre meget værre end det. Vi har lige sendt en stor
buket afsted til en begravelse med et kort hvor der står
- Tillykke med de nye lokaler”

***

På hypokonderens gravsten står
”Hvad sagde jeg”

***

Læst bag på en rustvogn
”Overhal bare. Vi indhenter dig alligevel til sidst”

***

Sorg bliver med tiden til gode minder

Barndomsminder

Pengene var små i 60èrne for en enlig mor med tre børn. Min søster sad og surmulede. Tomatsuppe med melboller var bestemt ikke hendes livret.

”Jeg kan ikke lide maden”

”Du har bare at spise din mad. Tænk på de små sultne børn i Congo. De ville være lykkelige for bare halvdelen”

”Det ville jeg sku også!”

”Jeg vil ikke høre, at du bander, spis!! Nu var mor gal”

”Mooaar?”

”Ja… hvad er der nu???”

Min søster lagde eftertænksomt skeen fra sig.

”Er det ikke også rigtigt, at det er FOR HELVEDE!!! man ikke må sige?

Griseri

Min mindste søster sad i sin klapstol ved bordet og svinede ud over det hele, min mor blev rasende.

”Du er en rigtig lille gris, udbrød hun”

”Ja en rigtig gris, gentog min lillesøster”

”Er du overhovedet klar over hvad en gris er ???,” spurgte mor.

Min søster sad og tænkte lidt over det og sagde så;

”Ja… det er det lille barn til den store so.”

Trængende

Da jeg var fire år, gik vi søndagstur på Christianshavns voldes grusstier blandt mange andre familier, da jeg blev trængende.

”Far, far jeg skal tisse! Jeg skal tisse !!” Jeg hoppede op og ned og vred mig. Fremmede mennesker vendte sig om.

”Skynd dig over til det træ, der kan du tisse”

Jeg styrtede over til træet, nåede det i sidste øjeblik, flåede bukserne ned, og med ryggen mod træstammen, tissede jeg i en stor bue ud på grusstien.

”Okay, sådan kan man også gøre det. Det må jeg huske til næste gang”, tænkte far.

Uddrag af bogen: Barn af Islands Brygge

Allingåbro 1992

En uges kursus på teknisk skole i Aalborg var slut. Jeg drejede nøglen og startede bilen. Det var fredag og med en fridag mandag, havde jeg besluttet mig for at besøge sin gamle farmor på Fanø hen over weekenden. Efter en uge med hovedet i lærebøger i et klasselokale med stole der gjorde ondt bag i, var det nu en befrielse at sætte sig bag rattet og vende næsen hjemad. Som håndværker var jeg ikke vant til at sidde stille så længe ad gangen.

Min farmor var flyttet tilbage til sin fødeø Fanø i et af familiens huse i Sønderho. Hun var nu 91 år og havde nu boet på øen i over 20 år.

Bilen satte i gang. Jeg havde besluttet mig for at køre over Randers til Allingåbro og se om jeg kunne finde det gamle hus, de havde boet i, den gang de blev gift i 1924. Hvor min farfar stammede fra og var vokset op.

Det var en dejlig sommerdag og jeg havde god tid. Jeg havde et gammelt billede af huset i mit hoved fra et familiealbum men havde aldrig været i nærheden af Allingåbro. Et hus med en lidt anderledes arkitektur end normalt og en buet karnap med vinduesrammer som man ikke kunne tage fejl af.

Byen viste sig ikke større end en hovedgade med sideveje, da jeg nåede frem. Jernbanestationen mindede mest af alt om et motiv fra westernfilm, med en lang perron, der lagde op til en skudduel ved daggry. En stationsbygning og ikke ret meget mere. På modsatte side af hovedgaden lå et hotel. Byens bygninger var ret ens og det hus han mindedes passede ikke rigtigt på alle de gamle huse der havde en anden arkitektur og desuden manglede der en karnap.

Jeg vidste, at der skulle være en karnap. Min farmor havde fortalt, at det var hendes ønske, da min farfar tegnede huset i sin tid, men jeg kunne ikke finde det. I kanten af byen var der vokset et nyt villakvarter op, så det kunne jeg udelukke. Efter et par ture rundt i byen var jeg i vildrede og stoppede op ved en sidevej.

- Hvor svært kan det dog være? byen er sku` da ikke ret stor, udbrød jeg og slog opgivende ud med armene.

Jeg følte pludselig, at der var nogen der kiggede på mig og da jeg drejede hovedet stod der en mand og smilede til mig. Han havde ingen tænder i munden og jeg kunne se at han måtte være fra en lokal kolbøttefabrik i nærheden. Skjorten hang uden for bukserne og han stod bare i sine store træsko med et stort grin om munden.

Jeg nikkede, kørte lidt videre og stoppede igen. Nu kom der en gammel dame hen til bilen. Hun var kun iført en gammel laset hvid kjole i sommervarmen. Hendes store hvide filtrede hår havde vist nok en gang været redt og hun havde børstet tænder med en håndgranat. Hun bukkede sig ned og kiggede ind af det nedrullede vindue. Hun sagde ikke noget, men hendes grin gik helt op til ørerne uden der kom en lyd ud af hendes mund. Med en lodret hånd vinkede hun med det yderste af fingrene ind i bilen til mig. Jeg smilede tilbage, kunne slet ikke lade være.

Jeg måtte opgive at finde huset og kørte videre mod Fanø der var rejsemålet, men nu vidste jeg da i det mindste hvor jeg stammede fra.

En galeanstalt.

Fundet senere Hovedgaden 44 = Storegade 34 Allingåbro 1933

Uddrag af bogen: Den Forkerte Hest

Sønderho

"Den lille snurrige by" som man kommer til, uden man kan skelne husene fra de
omliggende klitter - men den ligger der, så elskværdig, pillen og pæn, hvad huse, døre, vinduer,
stakitværk og bukketjørnhegn angår - ganske i kahytstilen, som en lille Hollandsk klitby - lavt
ved jorden og dog med medfølelse, stejlt afgrænset mod indflydelse af alt moderne.
Omgivet og beskyttet af øens højeste klitrække - med de rødmalede sømærker over de hvide
sandkamme - tyst og stille, venlig, men unægtelig lidt ensom ligger den og tærer på fortiden.

Holger Drachmann 1894

Sønderho Fanø

Begravelse i Sønderho

Der var mange mennesker, og alligevel fyldte de ikke ret meget i den store kirke. Der var mange ansigter Martin ikke kendte. Alle kendte hans farmors søster, da hun havde været øens sygeplejerske gennem en menneskealder. Ned fra loftet hang modelskibe fra fordums søfart, og det slog ham et kort øjeblik at hans farmor og farfar var blevet gift her ved det samme alter for over tres år siden under mere muntre omstændigheder.

Martins blik gled hen over rækkerne hvor han fik et glimt af de tre kusiner der sad med bøjede hoveder og mindedes i et tilbageblik deres barndomslege sammen med hans to søskende. De var nu sidst i tyverne og han havde selv fået sit første barn. Som tiden dog fløj af sted. Det var en sørgmodig dag på tværs af Danmark for at tage afsked med den skyggetante som de holdt af.

Nu kom præsten ind. Der lød lidt hosten i krogene, knirken fra træbænkene og så blev der stille.

Bisættelsen i kirken var højtidelig. Lommetørklæderne var fremme og øjnene var våde i krogene. Havde man glemt solbrillerne var det tydeligt, at man var påvirket. Nu lå hun i kisten og hvis man tog låget af, ville hun stadig være fysisk til stede en kort tid endnu. Af et eller andet urinstinkt som mænd besidder, ville Martin ikke græde. Han holdt hele talen igennem hvor efter de bar kisten mod udgangen, hvor der ventede en åben vogn. Han gik selv forrest. Kisten blev stillet på ladet og nu gik det mod kirkegården med sømandsmonumentet mens begravelsesoptoget fulgte efter. Det var en følelsesladet bevægelse, at gå ganske langsomt bag kisten ud ad landevejen mod kirkegården mens de passerede de mange mennesker fra byen med de stråtækte huse, hvor folk stoppede op bøjede hovedet og tog hatten af.

Nu begyndte kirkeklokkerne at ringe. - Det var tarveligt, tænkte Martin. For hvert skridt lød de dybe melankolske klokker. Martin var nød til at slippe en tåre for at tage trykket. Kusinerne og hans farmor græd i det stille.

Sønderho Fanø

Da de nåede kirkegården skulle kisten fires ned. Martin fik lige et glimt af sin farfars gravsten på familiegravstedet. På gravstenen stod der `Chresten Jensen 1896 – 1968` - fire år siden konstaterede han, mens han gjorde rebet klar. De var seks med hvert sit reb om håndtaget. Langsomt gled kisten ned i hullet. En frø var også røget derned. - Måske den fortryllede prins hun havde ønsket sig hele livet? Hvem ved?, tænkte han.

Pludselig havde han ikke mere reb. De andre havde masser. Han måtte havde gjort noget forkert, han havde lagt det dobbelt og kisten kun var halvt nede. Han kunne da ikke bare slippe og følge med helt ned i hullet. Det synes han var for tidligt. På hug næsten i knæ nåede kisten bunden. Den var klaret.

Efter gravøllet på kroen tog de hjem til hans farmors hus.
Alle var trykket af situationen. Talen var dæmpet og Martins farmor så træt og nedslået ud. Han kunne lige så godt fortælle om rebet. Mens han fortalte begyndte kusinerne at smågrine. De stoppede og så forlegne på de andre, Martin fortsatte og med et brød de ud i latter. De kunne slet ikke stoppe igen. Martins mor prøvede at dæmpe dem i forlegenhed over at deres farmors søster lige var død men de kunne slet ikke holde op og Martin gav dem lidt mere med vilje. De tre kusiner var verdens bedste publikum.

Pludselig begyndte deres gamle farmor at klukke i det små. Stoppede og klukkede igen. Hun sad for sig selv i gyngestolen og smågrinede. Martin fortalte hende om frøen og den fortryllede prins og med et grinede hun højlydt. Kusinerne grinede, alle grinede. Tårerne løb ned ad kinderne og ingen kunne stoppe af sig selv. Når de kikkede på hinanden, startede de forfra. Hun kluklo nu og grinede højlydt på skift og da hun endelig fik vejret igen, fik hun fremstammet - at det var længe siden at hun havde moret sig så meget. Så måtte Martin lige fortælle hende:

-   Nu er det jo heller ikke hver dag du kommer til begravelse.

" Uddrag af bogen: Den Forkerte Hest"

Sønderho Fanø

75 års fødselsdagen

Min farmor fejrede sin 75 års fødselsdag hvor hele familien var samlet på Fanø. Hotellet i Sønderho skulle levere maden. Vi sad 20 mennesker i den store stue og stemningen var høj. Det var altid hyggeligt når vi var samlet med vores onkel og kusiner. Efter et par hurraråb og et par sange var vi ved at være sultne. Maden var endnu ikke båret ind, så vi snakkede videre. Da der var gået en time kikkede vi ud i køkkenet. Ikke et øje!

Min onkel ringede til hotellet, for at spørge efter kokken der stod for arrangementet.

"Nej da, hun er da taget til Odense i dag, var det ikke først i morgen?? Guuud…. I sidder da vel ikke og venter.

Onkel måtte konstatere, at der hverken var varm mad eller rødbeder på vej.

"I skal nok få mad. Kommer så hurtigt som muligt!", røret smækket på.

Alle dem der sad i baren og i det hele bare var i nærheden, blev hevet ud i køkkenet for at skrælle kartofler og lave mad. Maden kom om dog noget forsinket.

Det var en flov kok der vendte hjem fra Odense den dag.

Huset blev senere til Kunstmuseet i Sønderho

Spiritus

Jeg forstår ikke hvorfor folk går så meget op i årgangsvine
de holder sjældent weekenden over

Jeg kan efterhånden vinkortet uden ad
rød, hvid og rose

Min far drikker ikke,
ellers kunne han umuligt være så tørstig om morgenen

Den nærmeste vej mellem to værtshuse
er zik zak

Efter Krigen

En dame kommer ind til købmanden
- Må jeg bede om 2 pund kaffe ?
- Det hedder det ikke mere frue, nu hedder det kilo
- Nå !..... ja men…må jeg så bede om 2 pund kilo ?

Handelsrejsende

To rejsende sælgere mødes i toget mellem Fyn og Jylland
- Hvad laver du så? spørger den ene
- Jeg er rejsende i erotisk fransk undertøj til kvinder, hvad laver
du?
- Lidt i samme branche, jeg sælger kondomer.
- Er det så din søn du har taget med i dag? Henvist til den lille
dreng der sad ved siden af ham
- Nej det er en reklamation, jeg har med hjem til firmaet.

Vicevært

Da pensionsalderen nærmede sig, tog jeg et tillægs job i mit firma som vicevært i Dansk Malerforbund på Østerbro, som jeg havde arbejdet for gennem 20 år som elektriker. Blev tilbudt jobbet da deres faste altmuligmand gik på pension. Nok tænkt som et midlertidigt hyggejob 3 timer om dagen med småreparationer og servicering af medarbejderne, men det blev til et par år. En del af arbejdet bestod i at slå græsset rundt om huset og pleje hækken op mod Bispebjerg Hospital.

En dag da jeg kørte med græsslåmaskinen, stødte jeg på et metalbeslag der var ved at ødelægge klingen. Jeg samlede det op og smed den ind i hækken. Lidt efter gik det op for mig, at det hørte til græsslåmaskinen, så jeg måtte ind i hækken og finde beslaget. Hækken var bred og høj så det var svært at finde igen. På et tidspunkt kikkede jeg op og højt oppe i hækken hang et kørekort.

Jeg tænkte, at det nok var en der havde fået stjålet sin pung og så smidt resten væk. Billedet viste, at det var en kvinde. Jeg tog kortet med ind for at undersøge nærmere hvem ejeren var og evt. ringe op for at fortælle at jeg havde fundet hendes kørekort.

Da jeg så billedet og navnet tænkte jeg – Hende kender jeg da…. hvem er det nu hun er?

Det viste sig, at det var min grandkusine fra Samsø, som jeg kun har mødt en gang i livet. Hun havde været en tur på Bispebjerg Hospital året før med sin datter, hvor en ung fyr havde stjålet hendes taske i venteværelset. Hvor stor er chancen lige for at finde hendes kørekort i en hæk på Østerbro?

Senere flyttede Malerforbundet og bygningerne blev overtaget af en privatskole for adfærdsvanskelige børn. Jeg blev ansat ved overtagelsen. Skolen havde flere afdelinger med en fælles chef for service og vedligeholdelse, der havde alle skolernes viceværterne under sig.

Han brød sig ikke om en vicevært der var selvstændig med eget firma og klarede opgaverne alene. Man skulle helst være bange for ham og adlyde hans ordrer. Så kunne han styre sin undersåtter. Han kom sjældent forbi, mig men en dag var han der.

"Har du noget jeg skal vide" spurgte jeg, og uden at hæve blikket snerrede han.

"Hækken ser ud ad helvede til " tydeligt at jeg skulle sættes på plads i hierarkiet, så jeg måtte informere ham om min korte hverdag.

"Du må forstå, at jeg kun har tre timer hver dag, og når jeg har drukket min morgenkaffe, så er der kun en time tilbage"

Ugen efter var jeg fyret.

Alderdom

Hukommelsen

- Der er to ting jeg aldrig kan huske
- og hvad er så det?
- aner det ikke

Victor Borge

Jeg har købt en madkasse med gennemsigtigt låg
Så ved jeg, om jeg er på vej til arbejde
eller på vej hjem.

***

Gamle Ole beklagede sig
"Jeg ser ikke så godt mere, jeg hører ikke så godt mere.."
"...nej og du lugter sku` heller ikke så godt mere"

Viagra

Viagra bliver, så vidt jeg har forstået, hovedsaligt brugt på
plejehjemmene for at sikre at de gamle mænd ikke triller ud af
sengen

"Det muntre hjørne" Facebook

Alderdom

Jeg har intet imod at blive gammel
det er altid bedre end alternativet

***

Nå… hvordan fejrede I så jeres sølvbryllup?
- Med 2 minutters stilhed på Rådhuspladsen

***

Fortidens historik

Simone Weil skriver; Hvis man ikke kender fortiden, forstår man ikke nutiden og egner sig ikke til at forme fremtiden.

De første mennesker opfandt ilden, våben, hjulet og evnen til at skaffe føde. Det er fortiden vi har lært af og bygget videre på. Glemmer vi fortiden, skal vi konstant starte forfra og genopfinde os selv, inden vi kan komme videre. Vores fortid er vores historiske DNA.

***

Den der siger, at fortiden er uden betydning bør straks holde op med at fejre sin fødselsdag

Kg

***

Lives forstås baglæns, men må leves forlæns

Søren Kierkegaard

Helikopter

Hvad de færreste måske ved er, at propelvingen på
en helikopter er konstrueret til at køle piloterne ned
En gang gik vingen i stå
og så begyndte de at svede

***

Affald sortering

Min kone er rigtig god til affald sortering
Der er det hun vil beholde og det som skal smides ud

***

Ligeløn

Mænd arbejder tilsyneladende hurtigere end kvinder
De får mere i løn for det samme arbejde

***

Ligestilling

Får vi nok ikke, før kvinderne lærer at slå toilet brættet op efter sig

Frimærker

Med den konstant stigende brevporto ærgrer det mig, at jeg ikke fik
købt frimærker mens de var billige

***

Jeg synes, at det er dejligt,
når den danske sommer falder på en weekend

De fremmede

Som børn af Islands Brygge kom vi tit på Strøget. Man kunne spadsere fra Bryggen over Langebro direkte til Rådhuspladsen.

En tur på strøget med mormor og morfar i 50èrne var altid hyggeligt. Der var juleudstillinger i Magasins vinduer. Rønnberg Legetøj havde et elektrisk tog i vinduet med et udvendigt tidstryk og på Rådhuspladsen var der et kæmpe juletræ med en kødrand af børn der masede sig frem for at se to nisser der spiste julegrød i en hule under træet.

En pakistaner med mørk hud passerede dem, og min lillesøster fulgte ham med stirrende øjne. Det var meget sjældent, at man så en person med mørk hud. Min mor tog fat i hende.

"Man glor ikke på andre mennesker" belærte hun sin datter, mens hun holdt fast i hendes arm,

"Det er ikke pænt. Hvis du ser nogen der er anderledes, så taler vi om det når vi kommer hjem. Er det forstået?" Pigen nikkede lydigt.

Der var en del turister i byen omkring jul, og det varede ikke længe, før de stødte på en sort afrikaner der smilede venligt til den lille pige. Hun stoppede brat op foran ham, vendte sig om og råbte alt hvad hun kunne, mens hun pegede på ham.

"Mor, mor!! Ham der snakker vi i hvert fald om, når vi kommer hjem!"

Uddrag af bogen: De Blå Bjerge

Hvad er lykken ?

Hvis jeg selv skal beskrive hvad lykke er, må det være;

Familien, børn og børnebørn
Fred, frihed og sundhed for alle

Personlig frihed

Økonomisk frihed

Mulighed for at udvikle de talenter man er i besiddelse af til glæde
for sig selv og sine omgivelser

Takke for det man modtager
og takke for det man uselvisk får lov til at give

Elske sig selv, så man kan elske andre

Løfte blikket og smile til verden med humor og kærlighed
Så smiler den tilbage

Bruge sin styrke til at hjælpe andre
Så får man det dobbelte igen

"What a wonderful world"

Lykkens udfordringer er

Stress, arbejdsløshed, gæld, sygdom, usikkerhed, had, selvhad, krig, undertrykkelse, stalking, uvenskab, misundelse, tilbageholdelse, afvisning, mobning, død, sorg, savn og håbløshed m.m.

Fjernsynet

Jeg synes, at verden er blevet mere rolig og fredelig de sidste 14 dage. Jeg er holdt op med at se fjernsyn og læse aviser.

Det er skønt med alle de mange madprogrammer i fjernsynet morgen, middag og aften.
Så kan jeg, med sindsro og uden dårlig samvittighed, slukke for fjernsynet og fortage mig noget fornuftigt.

***

Savner det gamle pausebillede med fiskene i akvariet når der er curling i fjernsynet. Der skete da i det mindste noget.

På fødegangen

Min søster er jordemor. Hun fortæller, at når sommertiden slutter og man stiller urene tilbage, sker det, at man må indskrive moderkagen før barnet i fødselsjournalen.

***

Videnskaben kan nu med 50% sikkerhed sige, om det bliver en dreng eller en pige

Den gang, da man ikke havde udstyr som ultralyd og lignende, var der en synsk mand, der mod betaling, kunne fortælle om det blev en dreng eller en pige. Mange benyttede sig af denne fantastiske mulighed.
Manden blev afsløret som svindler, da det viste sig, at han ved hver forudsigelse indskrev det modsatte køn i en protokol.
Når nogen så klagede, slog han op i protokollen og fremviste dem hvad han havde fortalt dem mange måneder tidligere.

***

Det er nu endelig konstateret at barnløshed er arveligt.
Vigtigt at vide for dem det går ud over

De fremmede

Hvad ved vi egentlig om vores medmennesker ?

Kender vi naboerne, dem med en anden hudfarve eller religion der tager vores arbejde og nasser på vores samfundet? Burde vi ikke lære dem at kende som lige mennesker og dele af vores overflod af rigdom uden at sætte den over styr. Hjælper vi f.eks. ikke folk der sulter, så kommer de selv og henter det. Jeg hjalp en underbetalt arbejdskollega med en ansøgning om et nyt arbejde.

Mit navn er Nardi. Flygtet fra krigen mellem Ethrea og Etiopien til Norge via Sudan og Saudi Arabien. Har boet 25 år i Danmark, og vil gerne ansøge om at blive tolk hos Dansk Flygtningehjælp.

Jeg taler 5 sprog. Dansk, engelsk, eritreisk, etiopisk, og arabisk. - IT på brugerplan.

Baggrund:

Jeg voksede op i en varm og kærlig familie, med min mor, far og fire brødre. Da krigen med Etiopien startede, blev jeg som 14 årig sat 6 måneder i træningslejr sammen med 4 af mine skoleveninder.

Det var et kulturchok og et mareridt for en ung pige. Et evigt savn med et konstant ønske om at komme hjem til mine forældre, men jeg blev sendt i krig som børnesoldat og frihedskæmper, hvor jeg gennem 8 år måtte kæmpe, face to face, med fjenden. Mine 4 veninder og 2 af mine brødre døde, kun jeg var yderst heldig og overlevede.

Som 22 årig startede min flugt fra krigen, hvor russerne nu hjalp Etiopien med grusomheder mod befolkningen, som jeg vil undlade at komme nærmere ind på. Med en bror bosat i Norge flygtede jeg mod nord, via Sudan til Saudi Arabien, hvor jeg blev smidt i fængsel i 3 måneder. Det lykkedes mig at komme videre til Norge og senere Danmark.

Formål:

Jeg har et stort og brændende ønske om at hjælpe, og gøre en forskel for alle de flygtninge der kommer til Danmark, og arbejde med frivilligt arbejde, hvor jeg kan komme til det.   *Nardi*

De fremmede

ISLAM

Jeg har altid troet, at Islam var en ældgammel religion, men den viste sig at være den yngste af alle verdensreligionerne. Deres profet Muhammed blev først født 570 år efter Jesus, og muslimernes tidsregning startede først i år 622, hvor han flyttede til Medina på grund af uroligheder i hans fødeby Mekka.

Så muslimernes år 1378 svarer til de kristnes år 2000.

(Millennium år 2622)

I år 610, fyrre år gammel, fik Muhammed en åbenbaring på bjerget Hira. Der mødte han ærkeenglen Gabriel. Den selv samme engel der hjalp Moses over Det Røde Hav og viste sig for Jomfru Maria for at berette om Jesus fødsel. Gabriel trådte frem for Muhammed og forkyndte "at nu var han guds sendebud". Muhammed påtog sig kaldet som profet og nedfældede Koranen omkring hans åbenbaringsreligioner, men også guddommelige straffedomme.

Der var nu kun en gud – Allah.

Muhammed fik seks børn med sin kone Khadidja. Tre piger og tre drenge. Det var kun døtrene der overlever barndommen og hans kone døde i 619. De jødiske regler havde gjort indtryk på Muhamed, og han overtog mange af dem. Spiseregler med faste (Ramadan) og nægtelse af urent svinekød. Han troede at jøderne ville tage imod hans nye religion. Jerusalem havde været hellig by for jøderne i tusind år før Kristi fødsel, og nu kom `en ung mand` og ville være deres nye religiøse leder. Da de ikke ville vide af ham, vendte Muhammed sig imod jøderne og tvang en del til udvandring. Derefter vendte han bederetningen fra Jerusalem til Mekka.

Islams tre hellige byer var nu *Jerusalem – Medina og Mekka.*

Han blev i 622 indbudt som dommer, statsmand og organisator i byen Medina. Som hærfører sejrede han i 624 over en ti gange så stor Mekkansk hær i slaget ved Badr. Led kort efter et alvorligt nederlag, men sejrede igen i 627. I 630 indtog han sin hjemby med titusinde krigere uden større modstand, og med klogskab og mildhed formåede han at vinde sine modstandere for sig.

Kaabaen, mekkaernes gammelarabiske helligdom i Mekka, rensede han for afgudsbilleder og gjorde den til helligdom for den eneste sande gud. Al-Il-Lah, Allah.

Muhammeds menighed voksede, da han under troen på den eneste gud, fik samlet stammerne i området og dygtigt udglattet deres uoverensstemmelser mellem de forskellige grupper. Som dygtig politiker udvirkede han også en mildning af den gammelarabiske tradition for blodhævn.

Muhammed forbedrede i det arabiske område kvindens stilling. Han vendte sig mod gammelarabiske skikke som flerkoneri og drab på pigebørn. Omskæring af piger stammede ikke fra koranen, men skyldes alene gammel tradition. Det samme gjaldt sløret, der var helt tilbage fra oldarabisk kultur. Det spillede ingen større rolle på Muhammeds tid. Koranen og Sharia krævede kun, at kvinder offentligt tildækkede deres krop fra hals til ankel og til under albuerne. Ikke ansigtet.

Dette skulle begrænse fremvisning af misundelsesvækkende skønhed, ungdom, graviditet eller sminke og forhindre krænkelse.

Sløret der med stigende persisk indflydelse blev indført i 890 signalerede status, og angav at fruen var fri for legemligt arbejde. Tjenestefolk og arbejdere bar højst et tørklæde.

Han fastlagde den muslimske mands forsørgerpligt, og gav kvinden rådighed over en del af sin formue. Han gjorde hende arveberettiget. Tidligere blev hendes formue administreret af storfamiliens overhoved.

Islams love var bygget på fem søjler.(love) Trosbekendelse-Bøn-Fattighjælp-Faste og Pilgrimsrejse.

Trosbekendelsen (Shahada);

"Jeg bevidner, at der er ingen Gud uden Gud, og jeg bevidner at Muhammed er Guds sendebud"

De fremmede

Den der udtaler disse ord tre gange af fri vilje og af et oprigtigt hjerte, regnes for optagelse i det muslimske fællesskab. Et skridt der iflg. Islamisk forståelse aldrig kan annulleres og derved straffes efter muslimsk lov. En gang muslim, altid muslim.

Bønnen (Salat)

Efter ritual afvaskning og renhedstilstand, bøjer den troende sig flere gange stående og berører derefter knælende jorden to gange med panden med retning mod Mekka, som tegn på underkastelse under Allahs vilje.

Almisseskat (Zakat)

Frivillig almisse/skat til støtte først og fremmest til de svageste. Enker, forældreløse, syge og gældtyngede. Skønt Islam udtrykkeligt går ind for privat ejendomsret, er muslimer forpligtiget til at dele.

Alluha Akbar (Gud er større) skal hele tiden mane mennesket til ydmyghed. Menneskets herredømme må derfor aldrig blive et formål i sig selv. Samfundets ve og vel har forrang for den enkelte.

Fasten (Saum)

I Ramadanen i den 9. måned afstår den troende fra solopgang til solnedgang, mad, drikke og nydelsesmidler. Dette gælder dog ikke hvis helbredet kan tage skade. Syge, gravide og folk med hårdt arbejde. Bagefter festes der i tre dage og tre nætter.

Pilgrimsfærd (Haij)

Mindst en gang i livet skal den troende rejse til Mekka

De fremmede

Muhammed døde, år 632, uventet toogtres år gammel i sit hjem i Medina.

Islam definerer mennesket som et socialt væsen, og påbyder en aktiv ansvarlig deltagelse i verden. Muslimer er ikke terrorister, men troende familiemennesker. Islam bygger på familien. Familien regnes som samfundets fundament, hvor alle hjælper hinanden. I en fredelig verden at vokse op i.

Korsridderne

Den gang de kristne korsriddere erobrede Jerusalem, nedslagtede de hele byen i Jesus navn. Da Sultan Saladin erobrede den tilbage igen, forbød han sine tropper overgreb på befolkningen. Han lod de kristne drage bort mod løsepenge, og åbnede derefter Jerusalem for alle troende.

De militante islamiske ekstremister.

`Det Muslimske Broderskab` der opstod i 1920 har aldrig gjort noget godt for muslimerne. Militante ekstremister trækker muslimerne ind i noget, som de ikke står for og laver deres egen udgave af Islam. Ekstremister er et produkt af tidligere tiders nedgørelse. Hvis alle havde passet sit, var hadet og modstandsbevægelsen nok ikke opstået. Ekstremisterne er et produkt af vestens grådighed. Den vestlige verden har bare raget til sig. Koloniseret og trådt folkeslag under fode. Derfor hader og kalder de til kamp mod det moderne vestens `barbari` Ekstremisterne forsøger i Islams navn at opildne til `Hellig krig` mod de vantro.

Koranen siger, at manden må have op til fire koner.

Flerkoneægteskaber er efter lov afskaffet i alle lande". Måske på grund af de mange svigermødre.

Uddrag af bogen: Barn af Islands Brygge

De fremmede

Sigøjnere/ Romaer

Det er en misforståelse at kalde romaerne `gypsies` da det engelske ord betyder egypter. De er heller ikke rumænere.

Romaerne stammer fra det det sydlige asien. Det nordlige Indien.

Romaernes oprindelse vides ikke helt med sikkerhed, men historiske optegnelser tilbage fra år 1000`s osmaniske krige i det nordlige Indien, fortæller om en hinduistisk hær sammensat af forskellige trosretninger, der under krigene tabte slagene og blev tvunget ud af Indien. Slagne og uden fædreland startede de en vandring gennem Afghanistan og Iran mod Europa, hvor man første gang mødte dem i 1300 tallet på Kreta og hvor mange endte som slaver. Senere dukkede de op i 1400 tallets Paris.

De beskæftigede sig med heste og var eksperter i skoning og opdrætning af heste. De havde deres egen musik og danse med, som udviklede sig gennem deres vandringer.

Fra sigøjnermusikken flammende toner til Andalusiens dansende flamenco temperament.

Romaerne havde ingen fast trosretning, og tillagde sig de lokale religioner undervejs. En enkelt religion havde de dog til fælles over hele verden. `Sorte Sara`.

Sara-La-Kali –gudinden. Den mørkhudede gudinde der tilbedes af alle romaer og tatere over hele verden, og fejres hvert år den 24. maj i den sydfranske by Saintes-Maries-de-la-mer ved Middelhavet.

I 1533 nåede de Skandinavien.

Europæerne blev hurtigt trætte af dette nomadefolk, der højst boede en måned hvert sted de slog sig ned. Beskidte og uden uddannelse i et udviklende Europa. Rusland indlemmede dem som slaver. Dette holdt helt frem til 1861.

I Danmark blev sigøjnerne for meget for Christian 2. Han udviste dem med en frist på 3 måneder, landsforviste og fredløse

De fremmede

med en hel del dødsstraffe for mindre forseelser. De skulle desuden begraves uden for kirkegårdenes indviede jord. Kongen besluttede, at den der dræbte en sigøjner kunne beholde alle hans ejendele, og krævede samtidig straf, over dem der hjalp dem.

De kunne ikke flygte nogen steder hen, da nabolandene havde samme had mod dem. Det stod nu frit for alle at jage og slå dem ihjel.

En senere fremmedlov i 1875 forbød sigøjnerne at opholde sig i Danmark. Den lov blev først ophævet i 1953, og små ti år senere var de i Danmark. I hælene på lovens ophævelse var der sidst i 60`erne dukket en større sigøjnerlejr op på i Danmark på Islands Brygge. Den skulle senere vise sig at blive terminal for sigøjnernes gennemrejse i Skandinavien. En lejr af campingvogne omgivet af store amerikanerbiler i starten af fælleden mellem Faste Batteris kolonihaver og Ballonparken. I gadebilledet små flokke af kvinder iklædt `Sari`er. Dragter af 5-6 meter langt firkantet stof viklet om kroppen. Endestykker der hang frit med afvigende farver og ornamenter. En kort bluse og et skørt udgjorde undertøjet. Tøj der gav dem et indisk præg.

Det var nu en uge siden, at en branden havde hærget en af lejrens campingvogne.

"Jeg er ikke vild med at du render rundt alene på fælleden. Der er mange underlige mennesker derude" og underboen gav hende ret.

"Sprittere og vagabonder fra Sundholm, for ikke at tale om sigøjnere og børnelokkere"

Til tider blev der ringet på døren i opgangen, og på måtten stod en eller anden tigger i en laset frakke, og bad om penge til mad.

Martins mor var blevet frarådet at give dem penge.

"De bliver kun brugt til sprit, og hvis du giver dem noget, bliver de ved med at komme tilbage"

Hun måtte sande, at underboen havde ret, da hun i medfølelse gav dem både en madpakke og penge. Der blev ved med at komme tiggere. Hele tiden nye ansigter gemt bag skæg og uredt hår, men altid med hånden fremme i et høfligt underdanigt buk og øjnene rettet mod gulvets dørmåtte. Underboen forklarede hende hvorfor.

De fremmede

”Se her”, sagde hun og pegede på det øverste af dørkarmen. Et lille kryds med et kridt afslørede, at hvis man gav ved dørene, blev der afsat et kryds, så den næste vidste, at her var der chance for at få andet end døren smækket i hovedet. Underboen viskede krydset ud og tiggerierne stoppede.

”Har du hørt det om sigøjnerne, Martin?”, spurgte underboen. Det sidste nye bryggesladder havde nået til anden sal på Amager.

Martin rystede på hovedet. ”Har de stjålet noget?” Det var nok den første tanke der slog ham.

”Nej, nej, men efter branden fik dem der ejede campingvognen besked på at møde op på politistationen `Under Elmene`. Der ville så blive sørget for dem med lejlighed, kost og logi på kommunens regning”

”Okay, fik de så det?”, spurgte Martin.
Hun trak svaret lidt for at være sikker på sit publikum.

”Ja mon ikke. Dagen efter stillede de på stationen. Mor, far og tolv børn”, grinede hun højlydt. Martins mor grinede også.

”De må da godt nok have nået at adoptere en del af lejrens børn i løbet af natten”

Martin smågrinede mest af høflighed, og fortsatte op ad trappen. Det var hans klare indtryk, at sigøjnernes egne love nok mere handlede om, hvad de kunne gøre for familien. Hvis det var til fordel for familien, så var det lovligt både at lyve og stjæle.

Uddrag af bogen: Barn af Islands Brygge

De fremmede

Australiens Aboriginals

Australien

Kineserne menes at være de første der opdagede landet, men de gik ikke i land for alvor på grund af de vilde indfødte. Det samme var tilfældet med hollænderne. Europæerne opdagede først det nye land, efter at hollænderen Willem Jansz med skibet `Duyfken` i 1606 lagde til ved CapYork. Det nordligste punkt i Australien, og kaldte det New Holland. Senere i 1642 sejlede Abel Tasman sydpå og lagde til ved Tasmanien, hvor de plantede deres flag. Stadig uden at indtage landet.

Hollænderne havde flere gange betrådt landet ved sørejser fra den hollandske koloni Jakarta, men de vilde indfødte skabte for store problemer for dem."

"Sidst i 1760`erne sejlede kaptajn Cook for anden gang fra England med det stolte skib tremasteren `Endeavour` på en hemmelig mission under dække af astrologiske optegnelser på Tahiti. Englænderne havde en skjult dagsorden. De ville gøre krav på landet inden Hollænderne.

I 1770 kaster James Cook anker i en billedskøn bugt lidt syd for det senere Sydney. Bugten får navnet `Botany Bay,` da den er rig på planter og blomster. Det nye land navngives New South Wales".

Var det en af børnenes tegninger? Knud var forvirret. At vågne halvt op af en drøm og samtidig blive præsenteret for en tegning med små tændstiks mænd. Det var lige i overkanten, men vent nu lidt. Tegningen sad på væggen desuden var her køligt, hvad var nu det? Hvor var han henne?

Knud slog øjnene helt op. Hvide malerier af kænguruer og små mennesker med spyd prydede klippevæggen. Nu huskede han. Ørkenen, solen, kænguruen og Alex.

De fremmede

Alex! Hvor var han? Knud fik rejst sig for hurtigt op på albuen, så det svimlede for ham.

Han kikkede rundt i rummet, der viste sig at være en klippehule med malerier på væggene.

"Nå du er vågen", lød en stemme. Det var Alex der sad på en sten, og pudsede sin riffel

"Jeg var ved at blive bekymret for dig, du har sovet et helt døgn"

Knud var forvirret "Hvad er der sket, hvordan er vi havnet her?" han kikkede ned ad sig selv. Han lå med nøgen overkrop, og hen over såret lå nogle blade med noget der lignede mudder.

"Vi faldt om i ørkenen, og de samlede os op" sagde Alex med et hovedkast mod indgangen til hulen.

"Hvem?" spurgte Knud og glippede med øjnene mod det skarpe lys.

"Aboriginere, australnegre. De har taget sig af os, givet os mad og drikke og plejet dit sår" svarede han.

"Lige nu er de vist i gang med en eller anden ceremoni. De har truttet i nogle lange horn og svinget et instrument i luften, der afgiver høje lyde"

"Tror du ikke bare de gør klar til at proppe os i en stor gryde" sagde Knud mens han baksede hen mod indgangen. Det var da svært så morsom, han kunne være når han lige var vågnet. Faktisk følte han sig rigtig frisk, lidt sulten og tørstig måske, men frisk og såret synes ikke at genere ham.

Udenfor under åben himmel var en flok på 20 -30 personer. Unge, gamle, kvinder og børn samlet. Alle nøgne eller tæt på nøgne. De havde kun lændeklæder, og bar overkrop. Det samme gjaldt kvinderne. Antagelig den flok de havde set nogle dage før, der nu var samlet med artsfæller.

Små bål var tændt flere steder i ly af klipperne, hvor de sad i små grupper. En kriger med et spyd der var en halv gang højere end ham selv, stod på et ben med det andet trukket op i en vinkel på knæet. Der stod han som en sandstøtte, og lignede mest af alt en flamingo fugl.

De fremmede

Knud lod nysgerrigt blikket løbe over lejren, og stoppede på den åbne plads mellem bålene.

På jorden i en rundkreds lå kvinder og børn på maven med tæpper over hovedet. I midten en flok store drenge, hvor mødrene holdt fast i deres bælter. Gamle mænd med hvidt hår og pandebånd sad med benene over kors og mumlede, mens de vuggede frem og tilbage. Alle mændene var malet hvide på kroppen og i hovedet. Drengene smurt ind i okkergul farve. Rundt omkring drengene dansede voksne mænd med lange spyd i takt til hule træstykker, der blev slået mod hinanden.

Mens de stampede sandet op i takt til de monotone rytmer, afgav kvinderne klageråb med lukkede øjne, og holdt fast i bælterne på de unge drenge.

”Hvad tror du der foregår?” spurgte Knud. Alex kom hen til ham og satte sig på hug.

”Det har jeg ingen ide om, det ligner mere et ritual end noget, man skal bekymre sig om”

Pludselig lød en dyb brummen fra træerne i det fjerne mellem klipperne. Lyden steg og faldt som torden.

Kvinderne slap langsomt drengenes bælter en for en, mens de jamrende rullede sig rundt på jorden. De gamle mænd syntes at være dem der bestemte. Hver dreng blev nu hurtigt ført ud af lejren i følge med en voksen, hvorefter de forsvandt, og efterlod kvinder og børn alene tilbage.

”Hvad det end var, så tror jeg de er færdige nu” sagde Alex og rejste sig.

Da de trådte ud af hulen, syntes ingen at tage synderlig notits af dem. Det var først nu det gik op for Knud, at de vilde faktisk havde reddet hans liv, og en dyb følelse af lettelse og taknemlighed kom over ham. Han tog en dyb indånding, og sendte en tanke til familien. Han levede stadig.

En kvinde kom dem i møde. De forstod ikke hvad hun sagde, men fulgte med hende hen til et bål hvor et dyr blev ristet på et spyd. Fire ben stak ud til siden. En anden kvinde kikkede nervøst ud i luften, mens hun travede hvileløs frem og tilbage.

De fremmede

De antog at det har noget at gøre med hendes søn, der var blevet ført bort.

Knuds første tanke var, hvor han mon havde gjort af de sidste kiks i oppakningen, da han så menuen. Et ristet firben med skind, ben og indvolde. Han var både sulten og tørstig, men der var en grænse. Måske.

"Jeg tror hun vil invitere os på mad" lød det bekymret fra Knud.

Alex smilede "Kom nu bare, du har lige været død, værre kan det vel ikke blive"

Omkring bålet sad en flok kvinder og børn og spiste. En skar et stykke af firbenet, og rakte det til Knud. Han tog modstræbende imod, forsøgte at undgå, men kunne ikke, da alle ventede at han tog en bid. En lille bid med hjørnetanden, som han slugte hurtigt.

"Mmm- dejligt" sagde han og smilede. Børnene fniste, mens en skål med andre delikatesser blev rakt frem.

"Det gør jeg altså ikke!" hviskede han til Alex. Skålen var fyldt med 3-4 cm fede, levende hvide larver der bugtede sig rundt mellem hinanden

"Din tur".

Alex kikkede på ham. Stak hånden ned i skålen og tog et par laver op. Uden yderligere kny bed han hovedet af dem, og tyggede resten i sig. Det vendte sig i Knud, der måtte kæmpe med sig selv for ikke at kaste op. Alex trak blot på smilebåndet.

Dagen gik og natten faldt på. De havde besluttet sig for at blive en dags tid eller to, så Knuds sår kunne heles. Hvilket det også gjorde med aboriginernes hjælp. Det måtte havde været deres bål de havde set fra huset. Så der var ingen huse i området. Hvis de samlede kræfter, kunne de klare turen tilbage igen.

Næste dag gik med at studere hulemalerier, og Alex tog en vandretur til de nærmeste klippeafsatser, blot for at konstatere med et blik mod horisonten, at det mest fornuftige var, at vende tilbage når de var klar til det. Næste formiddag, var Knud klar til at tage af sted.

Han var træt af hotellets mad. Dog havde han fået noget velsmagende kød dagen før, og selv om han ikke havde lyst til at se

De fremmede

menukortet, fandt han ud af at det var klapperslange. Først da han forestillede sig at det var røget ål, gled det ned uden yderligere besvær. Bålene var stadig i gløder og passet gennem natten.

Pludselig sprang Alex op. "En bil!" råbte han "En bil!" gentog han og løb ned ad bakken. Knud var lige efter ham.
"Det er da næsten ufatteligt. Nu har vi ledt efter mennesker i flere dage, og så dukker de op alle vegne"

En jeep masede sig gennem terrænet frem mod dem. Et lavt gear og den klarede det sidste stykke op ad bakken. Håndbremsen blev trukket og ud sprang en mand i uniform. Et blankt politiskilt afslørede hvem han var.
"Alex og Knud formoder jeg" var hans første ord, da han rakte hånden frem mod de forbløffede mænd. Hans uniform var velplejet og ren i forhold til dem. Knud ville antage at de sammenlagt med støv og møg og skægstubbe, faldt sammen med resten af ørkenen.
"Men hvordan?.." spurgte Alex og lignede et stort spørgsmålstegn.
"Vi fik et nødopkald på radioen, eller rettere sagt en mand 30 kilometer herfra fik et" svarede han "og så gav han det videre til os. En af jeres mænd i huset har været sømand, og han fik den ide at tage batteriet fra bilen og tilslutte radioen. Resten kunne han i forvejen"
"Det vil sige, at vi sådan set bare skulle være blevet ved huset, så havde det hele ordnet sig af sig selv" Han vidste ikke helt om han skulle være glad eller gal.
"Så var du gået glip af vores lille udflugt, tænk på det" sagde Knud.
"Hvad er der sket med dig" Betjenten henviste til Knuds sår. Alex forklarede ham deres trængsler med den store kænguru, under deres vandring.
"Cranky bad Boomer, I think" Stor vred han kænguru, konstaterede han. De kan være ret farlige når de bliver vrede. Deres klør kan flå en modstander fuldstændig op.
"Fortæl mig om det" lød Knuds bedrevidende svar.

De fremmede

”Jeg må hellere vise min respekt for de ældste i stammen” sagde betjenten. Han rejste sig og gik hen til en gammel mand ved bålet, der sad med korslagte ben. Han bukkede dybt og fik et alvorligt nik tilbage. Nu lød den hule lyd fra bambusrørene igen, og i det fjerne kom flokken af mænd tilbage med drengene. De var indsmurt i blod og bar våben.

”Nå, jeg ser, at i er dumpet lige ned i en konfirmationsfest” sagde betjenten.

Knud så spørgende på ham. ”Åh, ja det kan I jo ikke vide” sagde han og trak dem lidt til side. De satte sig i skyggen og fulgte flokken der var kommet tilbage. Drengene var i godt humør og stolte.

Hver gang en grinede eller snakkede, kunne de se, at de alle manglede en fortand i overmunden.

”Har de været i slagsmål?” spurgte Alex

”Nej hør nu her” sagde betjenten. Han rejste sig og gik hen til bilen, hvorefter han vendte tilbage med tre øl. ”Jeg tror i trænger til at skylle maden ned, hvis jeg ikke tager fejl, og lidt lokalhistorie”

Han rakte dem øllet, der blev modtaget med begejstring.

”Når drengene bliver til mænd, sker det ved en stor ceremoni. Kvinderne skal give slip på deres drenge, så de kan blive ført ud til den store ånd for at blive slået ihjel.

”Slået ihjel?” lød det forbavset fra Alex, men betjenten løftede hånden afværgende.

”Derefter vil den store ånd lade dem genopstå som voksne mænd, der alle mangler en tand i overmunden. Drengene bliver truet til tavshed om hvad der foregår. ”I aboriginernes verden er det mændene der ved alt.   Deres magt ligger i hemmeligheder fra åndeverden, der gennem generationer er gået fra mand til mand og som kvinderne ikke må indvies i. De gamle sidder på magten. Unge kvinder bliver gift med mænd på deres bedstefars alder.” forklarede betjenten.

”Kvinderne skal forblive i uvished”

”Hvorfor mangler de så en tand?” spurgte Alex.

”Det kan være svært at se den store forskel i en drengs udvikling. Så der er brug for et synligt symbol på at de er blevet til mænd.

De fremmede

Pigerne ændrer form, får bryster og kvindelig skikkelse. Drengene ligner bare sig selv. Så derfor gennemgår de et ritual, hvor de bliver ført ud til en hemmelig plads. Undervejs springer krigere med masker frem. For at håne og chokere drengene og true dem til tavshed med hvad de oplever."

Kvinden der havde set bekymret ud, løb glad ned til sin søn, men stoppede op. Han kikkede op og ned af hende med et stolt udtryk, mens han støttede sig til sit spyd. Han var ikke hendes dreng længere. Nu var han en mand.

Betjenten fortsatte "På pladsen er der tændt et helligt bål. Det skal brænde dag og nat mens indvielsen står på. Så bliver de oversmurt med blod fra stammens ældste, mens de viser dem magiske kunster. Pludselig holder deres vogtere drengene fast, og holder dem for øjnene, mens resten opfører en vild dans. Ud fra busken kommer nu en kriger med en hammer og en mejsel. På hver dreng rykker han en fortand løs, og slår den ud med sin hammer."

"Stakkels drenge" røg det ud af Knud, men tav for at høre mere.

"Derefter føres de til de hemmelige grotter med hulemalerier fra drømmetiden. De tror på, at jorden var en stor, mørk og øde slette. Solen, månen og stjernerne lå og sov under jorden.

Overnaturlige væsner kom op til jordens overflade. De forvandlede sig til dyr og mennesker og var deres forfædre. Så begyndte de at vandre syngende rundt i hele landet, og mens de gik skabte de bjerge, søer og floder. De skabte også dyr og mennesker med deres sang. Da de var færdige med deres arbejde, blev de overvældet af træthed. Nogle forsvandt ned under jorden, hvor de igen faldt i søvn. Andre blev forvandlet til hellige klipper, træer eller tjuringaer, sten eller træstykker som er dekoreret med geometriske mønstre, der hver i sær fortæller om hvad forfædrene gjorde.

Et af de hellige steder er Ayers Rock. En vældig rød klippe i det centrale Australien. Vi befinder os lige i nærheden af et andet af deres hellige steder. Det er derfor de er her" sagde han.

De fremmede

”Det er da nogenlunde det samme som jeg tror på, jeg skal bare lige have placeres jomfru Maria” grinede Alex, men blev alvorlig igen, og skiftede emne, da han så betjentens udtryk.

”Det er hård kost for drengene, men er pigerne slet ikke udsat for noget?”

”Pigerne er som regel lovet væk ved fødslen. To mænd kan aftale giftermål. En mand kan feks love sit barnebarn væk til en af sine venner. Så pigen får en mand på alder med sin bedstefar.

Sådan skaffer ældre mænd sig venner, forbundsfæller og kvinder. De unge mænd har derimod ikke meget at sige. Men det sker at pigen stikker af med en ung fyr, og den gamle kan ikke gøre andet end at aftale en erstatning.”

Betjenten rejste sig for at strække benene.

”Når pigen får sin første menstruation, bliver hun oplært af ældre kvinder. Hun bliver vasket, badet og fremvist for lejren. Hos nogen stammer bliver jomfruhinden fjernet ved, at hun må gå i seng med flere af mændene.”

”Vi ville hente jer med et fly, men da jeres ven havde givet os kompasretningen i forhold til huset, var det ikke svært at finde jer. Så pak jeres grej og lad os køre inden det begynder at regne”

”Regne?” sagde Alex måbende, og kikkede mod den blå himmel.

”Jeg kan også være morsom en gang i mellem” grinede betjenten, og Alex måtte se sig slået.

”Lad os komme af sted!”

Australien

I år 1900 blev der afholdt en folkeafstemning om Australiens fremtid. De godt fire millioner indbyggere ønskede mere selvstændighed i forhold til England. Man vedtog at lave en fælles regering for hele landet. De syv kronkolonier skulle nu samles i en forbundsstat med en fælles regering. I 1901 blev Australien så til `Commonwealth of Australia`.

Landet fik sin egen grundlov og sit eget flag. Et våbenskjold med en kænguru og en emu.

Man kunne ikke blive enige om Melbourne eller Sydney skulle være hovedstad for Australien, så man byggede en helt ny by lige midt imellem – Canberra.

Byen kunne først indvies i 1927, og blev opkaldt efter aboriginernes navn på det sted, hvor den nu lå – Canberra.

Trods den megen kritik i starten endte det med at Jørgen Utzons operahus ikke kun blev bomærke for Sydney, men vartegn for hele Australien.

Canberra måtte se sig slået som hovedstad af en enkelt bygning og ligge i skyggen af Sydney.

Så Sydney er ikke Australiens hovedstad. Det er Canberra.

Uddrag af bogen: De Blå Bjerge

Kasettebåndoptager

Som teenager i 60èrne havde jeg fået en transportabel musik kassette afspiller med en høreprop til det ene øre.

Min lillesøster sad med øret op til mit andet øre, da vores mor trådte ind på mit værelse.

"Hvad søren laver du, Lone?

"Mor, du har altid sagt, at når du siger noget til ham, så går det ind ad det ene øre og ud af det andet"

***

Personlig frihed 2020

Vores personlige frihed er under voldsomt pres i den nye digitale verden. Hver gang vi giver det mindste slip på vores rettigheder, bliver vores grundlæggende frihed indskrænket og kan ikke føres tilbage igen. Langsomt registreres vi og opgiver de menneskerettigheder og love der skal beskytte vores personlige data og frihed. Hvis vi ikke konstant er på vagt, opsluges vi i cyberspace. Vi bliver hudløse åbne og kan styres af magthavere.

I fremtiden vil digital ansigtsgenkendelse og DNA straks registrere og fortælle alt om os. Vores sygdomme, gæld, fortid m.m. Man ved alt om os og vi har ingen hemmeligheder mere. Demokratiet vil gå i opløsning.

Bliver du stoppet af politiet for at køre for stærkt, kan du køre derfra med en bøde og et girokort på børnepenge for tre børn du ikke vidste at du havde. Samt en indkaldelse til lægen for udeblivelse til en lovpligtig tredje gangs indsprøjtning mod virus, da de forrige havde for mange bivirkninger, og undladelse af den personlige chip man lovmæssigt skulle have haft lagt ind under huden. For nemheds skyld... Kina er godt på vej.....

Kg

Kina 2020

Af Kina korrespondent Jan Larsen (tidligere klassekammerat)

FN - Hongkong flertal

Et eksempel på kinesisk fodarbejde, der vender FN på hovedet. To dage efter Kina indførte sikkerhedsloven i Hong Kong, der fjerner de sidste rester af frihedsrettigheder, sørgede Kina for at få et flertal i FN til at støtte den omstridte lov. I Rådet for Menneskerettigheder stemte 53 lande for (Blå) – og kun 27 lande (herunder Danmark) kritiserede loven (Gule). Kinesisk presse kalder det en jordskredssejr, der "viser at Kinas indsats for menneskerettigheder har vundet flere støtter". Listen over lande der støtter Kina's nye lov kan ses på netmediet Axios - og består næsten udelukkende af det vi normalt betegner som "ikke-frie" lande, mens kritikerne af Hong Kong loven indexeres som "frie". Men et flertal er et flertal. Med til forklaringen af den store opbakning til Kinas stramninger i Hong Kong hører, at USA ikke er med på listen, fordi landet for to år siden trådte ud af Rådet. Forløbet viser også, hvad der sker, når Kina samtidig optrapper sine aktiviteter i FN - og har en ordentlig pulje af lande, der er økonomisk afhængige af Kina i forhold til lån og/eller udbygning i forb. med de nye Silkevejsprojekter. Og som Axios konkluderer, så er det lykkedes for Beijing at få FNs Menneskerettigheds Råd til at støtte den slags aktiviteter, som det var meningen de skulle forhindre.

Opkøb af andre lande

Historie om hvordan Kinas ambassadør har truet Færøerne til at købe Huaweis 5G netværk – ellers vil Kina ikke indgå en frihandelsaftale med Færøerne - viser endnu en gang hvor tætte forbindelserne er mellem den kinesiske stat og det såkaldt private selskab Huawei.

Bitcoin valuta

Kina har lavet en total kursændring omkring digitale valutaer som Bitcoin. I flere år har de været forbudt i Kina. Nu bliver de pludselig lovprist og Kina kommer allerede fra næste år med deres egen Bitcoin. Det handler om magt - hjemme og ude. Især hvis kineserne tvinger andre lande til at tilslutte sig den kinesiske e-valuta. Og det ville måske ikke være utænkeligt, hvis Kina ville bede/tvinge andre lande, der får produceret eller samlet elektronik i Kina, eller købt deres atomkraftværker eller jernbaner, til at benytte den nye kinesiske digi valuta.

Overvågning med ansigtsgenkendelse

Overvågningssamfundet Kina og det kommende Sociale Kreditsystem, der giver pisk og gulerod til alle kinesere og deler dem op i et A- og et B-hold. Skræmmende.

Koncentrationslejre

I Xinjiang provinsen, fastholdes over en mio. uighurer i et overvågnings-mareridt med 1400 genopdragelseslejre.

Der intet nyt om, hvad der er blevet af de to borgerjournalister, der i klip fra et australsk TV-program siden de afdækkede myndighedernes svigt. De har været sporløst forsvundet siden februar.

Systemkritikere

Ingen kommer efterhånden ustraffet fra at sætte spørgsmålstegn ved Kinas fremfærd. I de sidste uger er det gået ud over den amerikanske basketball-liga NBA, hvor en direktør havde udtalt støtte til demokratibevægelsen i Hong Kong. En lynhurtig hævnaktion fra Beijing truede med at lægge NBA-ligaens milliard forretning i Kina i ruiner. NBA valgte hold-kæft bolsjet. Endnu et eksempel på hvordan Kina efterhånden har givet sig selv en slags global vetoret over ytringsfriheden.

Det måtte jo komme. Nu er kineserne begyndt digitalt at "fjerne" de filmskuespillere der ikke lever op til partiets moralske normer. Den kvindelige superstjerne Fan Bingbing forsvandt sidste år fra spotlyset. Årsagen var en større skatteskandale. Men skaden var sket, hun havde allerede indspillet flere nye film og TV serier. I et land hvor ny teknologi kun bliver standset, hvis det bruges mod magthaverne, er filmselskabet så i gang med at erstatte Fan Bingbings ansigt og stemme med en anden skuespillers. Prisen for den digitale operation er i størrelsesordenen 60 mio. kroner.

Miljø

Kina har sendt 27 pct. mere affald ud i have og floder i forhold til sidste år. Det oplyser landets Miljøministerium. Værst er det gået ud over områderne langs Yangtze og Perlefloderne, der begge løber gennem industrialiserede områder. Kina er verdens største producent af plastikprodukter. Sidste år fandt de kinesiske myndigheder 24 kg flydende affald pr. 1000 kvadratmeter, heraf var de 88 pct. plastik. En repræsentant fra miljømyndighederne siger til Reuters, at der ikke er grund til bekymring, fordi Kina overordnet gør fremskridt i rensningen af havene – selvom de stadig fremstiller og eksporterer 30 pct. af verdens plastik.

Jan Larsen

Selverkendelse

Lidt irriterende at folk ikke kan indse deres egne fejl og vedkende
sig dem. Hvis jeg havde nogen fejl, ville jeg da indrømme det.

Kg

Bag døren

Hjemme hos os pudser vi næse
i et lagen der står bag døren

Fattigdom

Den gang jeg var dreng, var vi meget fattige
Hvis jeg ikke havde været en dreng, så havde jeg ikke haft noget at
lege med

Trykfejl

Fiske frisk
Rettelse: undskyld tyrkfejlen

Tavshedspligt

Katolske præster kan man fortælle alt
de har tavshedspligt på lige fod
med advokater og damefrisører

***

Dansk "hygge"

Sustainable Develoment Solution blev i 2012 lanceret af FN som en målestok i hvert land for balancen mellem velstand, social kapital, lighed og tiltro til myndighederne. I 2016 blev Danmark kåret som verdens lykkeligste nation.

I Danmark forstod man at "hygge" sig. "Hygge", der var et ukendt begreb i udlandet, fik mange turister til at søge til Danmark for at opleve danskernes "hygge". Den danske familie der samledes om spisebordets glæder med tændte stearinlys, hvilket andre steder i verden betød at nogen var død. Man spiste, til man var ved at revne og diskuterede samtidig, hvad man skulle spise næste gang. Man samledes i sofagruppen rundt om fjernsynet hver aften og "hyggede" sig med kaffe og kage. Fulgte i sikker afstand med i krigene i Vietnam, Afghanistan, Jugoslavien og Irak og hvis der opstod en sult- eller naturkatastrofe, ja så mødtes man atter om stuealteret til en "hyggelig" aften, hvor kendte musikere inde i det nye dyre farvefjernsyn brød ud i sang og skaffede penge til de nødlidte. Man kunne vinde store præmier, så som, en stor blankpoleret dyr bil, der bare ventede på at blive afhentet af den heldige vinder. Med en tåre i øjet over et udhungret barn, der døde i sin mors arme, ringede man 100 kr. ind til Folkekirkens Nødhjælp og fik samtidig aflad for sin dårlige samvittighed. Man var så med i konkurrencen om den flotte bil. Firmaerne kunne indbetale store beløb, som de kunne trække fra i skat, og få deres navn på skærmen som landsdækkende reklame.

Efter en dejlig underholdende lørdag aften strakte man sig, pustede stearinlysene ud, slukkede for fjernsynet og gik glad og veltilfreds i seng med en god mavefornemmelse efter en 4 timers stor indsats ved skærmen, som de udsatte lande kun kunne være Danmark dybt taknemmelig for. Mandag morgen var det arbejdsdag igen. Efter at have drukket morgenkaffe på Christiansborg og haft en "hyggelig" snak om weekenden, sendte regeringen en stribe F16 Nato-kampfly til de udsatte lande for at bombe dem sønder og sammen. Som hjælp til selvhjælp. Det skulle jo nødigt brede sig til Danmark. Det kunne man så følge med i senere ved aftenkaffen. Jo – danskerne forstår at "hygge" sig.

Arbejdslivet

I de travle juledage
- Undskyld at jeg kommer for sent på arbejdet, men lågen sad fast i
min julekalender.

***

- Undskyld at jeg kommer for sent, Nørrebro var oppe

***

Hvorfor skal jeg fyres chef ?? Jeg har da ikke lavet noget !!

***

"Elektriker! Skal I ikke have trukket nogle kabler i væggene?" lød
det fra en sur tømrer, "ja hvad ved jeg, jeg er jo kun tømrer"
"Sjovt nok, det stod vi også lige og talte om"

***

Nogle huse er bygget så dårligt, at man af frygt for at de skal falde
sammen, lader stilladset stå indtil der er tapetseret.

***

Bøger

"Jeg har læst en af dine bøger"
"Den sidste ??"
"Det håber jeg !!"

Storm P.

***

Jeg har lige læst en bog der endte sørgeligt.
Min bankbog.

Dans

-   Jeg har danset før, så det sidder på rygraden
-   Det må det gøre, for det sidder i hvert fald ikke i benene!

Kg

Samler

Min mor er en af dem der samler i den faste overbevisning, at hun nok en dag får brug for det. Det måtte jeg konstatere, da jeg hjalp hende med at flytte til en pensionistbolig.
Hun havde gemt alt siden sit bryllup. Undtagen sin mand.

Kg

Fotografering

Husk, det er ikke godt at være fotogen
så er man grim i virkeligheden

***

Man kan aldrig få for meget af det
man ikke kan få for lidt af

Ordsprog

Man bruger hele sit voksenliv på
at rydde op i sin barndom

***

Den der går i andres fodspor
kommer aldrig foran

***

Klog mand tisser ikke i modvind

***

Hvad folk med en slap lukkemuskel er belærende med,
kan man ikke tage alvorligt

***

Måske er du i hele verden bare en person
men - for en person er du måske hele verden

***

Folk med begge ben på jorden hænger ikke på træerne

***

Gæster skal opføre sig, så værtsparret føler sig hjemme

***

Husk altid at være dig selv. Alle andre er optaget

H.C. Andersen

En Sand Myte

I 1987 vakte bogen "En Sand Myte" opsigt, da den bornholmske forfatter Jens Jørgensen fremsatte en teori om, at den dengang 19 årige prins Christian (8.) skulle være far til H.C. Andersen og en af grundene til at vaskekonens søn fra Odense så frit kunne bevæge sig rundt blandt de adel- og kongelige. Hans Christians mor skulle ifølge teorien være Elise Ahlefeldt-Laurvig fra Tranekær Slot på Langeland der på sammen tid, i hemmelighed, fødte et barn uden for ægteskab som blev sendt væk i pleje. Prinsen besøgte tit Tranekær Slot med et godt øje til husets unge datter der havde en fri opdragelse. De mødtes ved fester både i Altona og ved et badested i Hannover hvor deres veje menes krydset ved undfangelsestidspunktet i 1804. Den unge Hans Christian havde med en velynder ved sin konfirmation, haft foretræde for prins Christian (8.) der havde spurgt ham, hvad hans fremtidsønsker var og senere støttet ham.

Uanset hvor umulig han var med sine uddannelser, så stod døren åben alle vegne hos adelen og det bedre borgerskab med økonomisk hjælp, selv om de ikke kendte ham i forvejen. Taget med i betragtningen at det var inden han blev berømt. En hemmelig kongesøn der med tiden kendte sin egen herkomst. Eventyr om prinser og prinsesser, så som, "Svinedrengen", "Prinsessen på Ærten" og "Den Grimme Ælling".

"Så megen lykke drømte jeg ikke om, da jeg var den grimme ælling"

"Hvad gør det at man er vokset op i en andegård, når man er en svane"

Jens Jørgensen var rektor ved Slagelse Gymnasium. Borgmester og medlem af folketinget. Anmeldere sablede teorien ned, og det forblev en myte for eftertiden som hermed har fået nyt liv.

Mit Livs eventyr   *Maleri af: F.C. Gröder*

Uddrag: Danske Konger i Krig og Fred

Fødselsforberedelse

"Mon jeg overhovedet nogensinde bliver en god far?" tænkte Henrik.

De første fire år var gået med bleskift, bleskift og bleskift, mens han talte moderen efter munden. Hun skulle nok hjælpe ham med at huske, hvad der som minimum krævedes af en far. De mange bleskift havde dog haft den fordel, at han var holdt op med at bide negle.

Hans manddom var knækket allerede den gang, Tina havde meldt dem til fødselsforberedelse.

"Vi er gravide" Henrik trykkede det andet pars bløde mand i hånden. Han var iført samme lange hjemmestrikkede sweater som sin kone, og mon ikke hans lille mave der strittede ud var for at være solidarisk med sin hustru. Henrik studerede ham et øjeblik for at fornemme, om han mon også stod op om morgenen, og brækkede sig sammen med hende.

På samme måde som kvinderne ikke kunne få børn mens de var gravide, så forsvandt manddommen hos mændene i samme periode.

Hans eget håndværkerhåndtryk havde ændret sig til et blødt medfølende håndklem, for ikke at ødelægge de andre fædres pusle og pudder hænder.

Nu lå han på ryggen, og prustede sammen med Tina og ti andre par.

"Det var flot" lød det fra sygeplejersken. " Henrik vil du vise det til alle os andre igen?" Hun drejede sig rundt.

" Henrik gjorde det rigtig flot, så jeg synes, han skal vise det igen til alle os andre"

Blodet fløj til hovedet. Han havde slet ikke tænkt over, hvad han havde gjort. Faktisk lå han og spekulerede på, hvad de skulle have til aftensmad. Desuden havde han et hul på sokken, som han havde forsøgt at skjule. Nu kunne han ikke gemme det mere.

Hvordan var det nu det var? Alle ventede spændt, mens han forsigtigt begyndte at pruste ud gennem munden i små udåndinger. Det svimlede for ham. Han havde ikke mere luft, og måtte tage en dyb indånding. Det der skulle havde være et hårdt prust, gik i baglås, da han kom til at lukke munden. I stedet slog han en ordentlig skid.

Mændene skreg af grin i en befriende latter, der for et kort øjeblik løsnede dem fra de snærende bånd, der holdt dem fast i de vordende

Fødselsforberedelse og gravide forældre

fædreroller. De vordende mødre kunne slet ikke se noget sjovt i det, og fik dem hurtigt sat på plads igen.

Mens en lille dampsky steg til vejrs fra måtten, krøb Henrik tilbage til Tina, der nærmest så ud som om hun havde fraskrevet ham faderskabet til sit barn.

Tidligere fede fester lørdag aften var nu udskiftet med parmiddage. Med lift i hånden stod de nu på skift i døren. Konen forrest med barnet i lift, hvorefter manden kom slæbende på klapud senge og puslepuder gennem den lille entre ved hoveddøren.

Der væltede et billede på gulvet. Henrik satte det op igen, efter campisterne var nået helt ind. Nu blev der dækket bord i fællesskab. Børnene fik et bleskift, midt i at sovsen var ved at skille, og Henrik dækkede bord. Nu gjaldt om ikke at stå stille, ellers blev han bare sat i arbejde.

Henrik tænkte, at han kunne få sig en rigtig mandesnak med Peter på terrassen, det fredfyldte korte øjeblik hvor pigerne ammede og prøvede at overgå hinanden i, hvor meget lige deres unge var forud deres sin tid.

”Uuute gutte gutte guuu..” lød det fra Peter, da han skulle skilles fra sin søn et par minutter. Så den snak kunne Henrik vist godt kikke i vejviseren efter. Han kunne tydeligt fornemme, at det ikke var de nye alufælge, der havde førsteprioritet lige nu.

”Jeg er på barselsorlov” lød det fra Peter ”Hvad med dig?”

”Åh jeg ved ikke rigtig. Jeg har faktisk ikke tid i øjeblikket. Travlt på jobbet, du ved?”

Blikket fra Peter afslørede, hvad han tænkte. En dårlig far der ikke kunne afse tid til sin datter.

”Hvor længe skal du gå hjemme?” Henrik forsøgte at dreje samtalen.

”Fjorten dage, så han får en god start i livet”

Peter kastede et stolt blik ind i stuen, hvor hans kone Lise havde trukket det halve mejeri frem til fri afbenyttelse af den lille dreng.

Fjorten dage fri. Det lød slet ikke så tosset, men kollegaerne ville da blive sure, hvis de skulle arbejde dobbelt, når han ikke var der. Han var heller ikke sikker på, at han kunne få ordet `barselsorlov ` over sine læber overfor chefen, der normalt ikke tolererede dårlige undskyldninger. En af smedene havde været en uge på fisketur med sin båd i sin barsel, men Henrik havde ingen båd.

"Maden er færdig, skal vi gå til bords?" Det var Tina.

Culottesteg med en god flaske rødvin. Det havde Henrik set frem til, fra det øjeblik hvidløgsduften fra ovnen havde bredt sig ud i stuerne. Nu skulle det være. Børnene var madet og lagt. Middagen var klar.

"Skål ! og velkommen"

Fire nybagte forældre omkring et veldækket bord. Saftige stykker kød havde fordelt sig på de fire tallerkner med perleløg og varm bearnaisesovs.

Henrik havde åbnet munden for at føre den første bid ind med gaflen, da det første vræl lød. Hurtigt slugte han kødet. Han vidste godt hvad klokken var slået.

"Nu er det altså din tur til at tage dig af hende, jeg har lige ammet" Lød det fra Tina. Modvilligt med et smil der sagde "selvfølgelig skat" tyggede han af munden, mens han rejste sig.

Ungen havde skidt igen. Det var da utroligt. Lidt efter lå hun på puslepuden med bleen af. Fra bearnaisesovs til tyndskid er der ikke langt, og det vendte sig et øjeblik i Henrik. Hvis han tørrede med bleen, kunne han lige få det hele med, troede han. Bleen vippede rundt, og hans hænder var nu indsmurt i lort. Havde han nu hentet noget vand først, var det nok ikke gået så galt, men han kunne ikke efterlade den lille alene.

"Hvad laver du mand?!" Tina gav ham et skub til siden, og trådte frem med vandskålen.

"Gå ud og vask dine hænder, så klarer jeg det her….mænd !!"
Henrik tøffede ud på toilettet. Det eneste fristed i huset hvor man kunne låse døren efter sig. Det bankede på døren.

"Vi har brug for noget vand og sæbe."
Nu var det den anden unge der vrælede, og begge forældre var fremme i løbet af et øjeblik. Så meget for fred og ro. Fuld service og vedligeholdelse, tænkte Henrik. Peter var på barsel, så han følte, at han i hvert fald måtte være med hver gang. Også om natten. Klatøjede væltede de klokken død om natten sammen ind i børneværelset, hvor de på skift prøvede at trøste den lille natteterrorist, der skreg og skreg. Med det resultat at de var begge dødtrætte næste morgen.

Fødselsforberedelse og gravide forældre

Henrik gav plads, så Peter kunne få sit vand. På vejen tilbage til Tina passerede han det tomme spisebord, hvor de havde forladt gafler og knive spredt ud over bordet. Alle stolene var trukket tilfældigt ud, da forældrene accelererede fra nul til hundrede på ti sekunder. Sovsen så ikke så lækker ud mere, den var også blevet kold, men vinen var der ikke noget i vejen med. Stående tog han en slurk og nød de gyldne dråber på vej ned.

Da han nåede tilbage til Tina, var den lille ren og pæn igen. Som kun en mor kan gøre det. Han løftede Rikke op i strakte arme.

"Nå min pige. Så er du fin igen. Tror du så din far og mor kan få deres mad?"

I et øjebliks glad udsigt til mad kastede han hende let op i luften, og greb hende igen. Et stort smil bredte sig over den lilles ansigt, så hun fik en tur til. Smilet stivnede, og hun gylpede en kvart liter modermælk ned over sin far, der til alt held lige havde lukket munden.

"Det må vi gøre en anden gang, det var smadder hyggeligt"

Klokken var elleve, og det var tid at bryde op. Barnesenge, puslepuder og andet feltudstyr blev slæbt ud til den ventende bil. Billedet i gangen faldt ned igen. Peter ventede ved bilen og Henrik i entreen, på at de to kvinder skulle få sagt farvel for alvor. Det virkede, som om, at de altid fik den bedste snak på dørtrinet. Måske skulle man flytte sofaen derud. Spisebordet flød med blodige ligrester fra en ko, og med opvask til loftet. Henrik tog sig af det, mens Tina lagde den lille til at sove. For at intet skulle gå til spilde, drak han resten af vinen.

Rødvinen fremkaldte en naturlig træthed, og en behagelig længsel efter hovedpuden, som han ramte klokken tolv. I morgen var det søndag, så skulle han sove rigtig længe.

Vræææ… lød det fra børneværelset.

Kærlighed

Der er to mænd i mit liv. Den ene elsker mig
og den anden elsker jeg.

Tove Ditlevsen

***

Du elsker mig, jeg elsker mig selv. Vi har fælles interesse.

***

Selvfølgelig elsker jeg dig. Hvordan skulle jeg ellers kunne holde
dig ud!

***

I vores søgen efter en partner i livet, leder vi efter "den eneste ene"
Der er heldigvis flere af dem

***

Betjent !!! undskyld hr. betjent men der er to mænd der bliver ved
med at forfølge mig. Vil De ikke nok bede den lille fede om at
forsvinde ?

***

Jeg kom sammen med hende der gik

Kim Larsen

***

Den unge pige ville rose sin kæreste
- Ud af alle dine kammerater, så synes jeg, at du har den største pik.

Pik = er norsk og betyder tap

Skilsmisse

Mænd bliver skilt, når de finder en anden.
Kvinder bliver skilt, når de finder sig selv.

***

Medlidenhedsdrab

Mogens på 78 år fik en dom for at slå sin elskede kræftsyge kone ihjel i et medlidenhedsdrab.
Dommen blev gjort betinget, hvilket betyder, at hvis han slår hende ihjel igen, så falder hammeren.
Selv siger han, "Jeg vil til en hver tid gøre det igen"

Kg

Reklame

Reklamer er standsning af folks hjerneaktivitet.
Længe nok til, at man kan stjæle deres penge.

Kim Schumacher

***

Lille skilt – stor mand
lille mand – stort skilt

***

Bag en hver stor mand står der en kvinde
- med himmelvendte øjne

***

Husejere

Allerede inden Rikke blev født, var de flyttet fra den lille lejlighed til et hus. Henrik kunne slet ikke overskue økonomien ved at have et hus, men sådan blev det. Tina ville under ingen omstændigheder have en barnevogn stående neden for en opgang. Det måtte han da kunne forstå. Der var åbenbart flere almindelige fornuftige mennesker, der ikke havde forstået det. De satte fortsat deres børn udenfor en ganske almindelig trappeopgang. Rystende. Svigerfar hjalp med købet, og fik sat tingene på plads med bank, ejendomsmægler og advokat.

Selv om det var mange penge, var det en fantastisk rar fornemmelse at sætte benene i eget hus. Der var mange ting, der skulle ordnes, og Henrik var ikke helt sikker på, hvor viceværten boede, når man havde eget hus. Tina vidste det godt. Navnet stod på hoveddøren. Nu blev der knoklet fra kælder til top. Alt skulle være perfekt, inden den lille meldte sin ankomst.

Efter to måneder var huset klar. Endelig tænkte Henrik, så kan vi måske slappe lidt af inden fødslen.

”Vi skal have ordnet haven” Tina stod klar med spade og rive.

Hendes gravide mave forhindrede hende i at bukke sig efter andet end posten.

”Det kan for pokker da vente. Vi er lige flyttet ind. Alt skal vel ikke være færdigt på et øjeblik?” grinede han. Deres blik mødtes, og et kvarter efter var han i gang med at luge ukrudt. Der var trods alt kun sekshundrede kvadratmeter have og en hæk hele vejen rundt.

”Du går ikke ind med sko på!” Nej selvfølgelig ikke. Hun havde jo lige støvsuget og vasket gulvet for anden gang i denne uge. Huset stod nu som et nyrenoveret slot. Selv i den mørke kælder havde den sidste edderkop taget flugten. Nu stod vaskemaskine og tørretumbler i fine rene nymalede omgivelser. Henrik havde i sin fantasi forestillet sig et værksted i kælderen, hvor han kunne ordne en gearkasse eller karburator. Det var faktisk det, der havde overbevist ham om, hvor fedt det måtte være med eget hus. I det ekstra rum hvor han kunne havde haft et værkstedsbord, stod nu et lille kakkelbord med to stole og en stor plante i hvert hjørne. På væggen billeder af Monet og Skagensmalerne.

Det var for sent at få værkstedet gennemført nu. Tænk hvis der kom nogen forbi, og de ikke havde et sted i kælderen, hvor de kunne sidde og drikke the. Tina møblerede også rundt hele tiden. Han skulle være meget forsigtig med at kaste sig ned i sin bedste lænestol, når han kom hjem fra arbejdet. Det var slet ikke sikkert, at den stod der mere. Den kunne meget vel i løbet af dagen være udskiftet med et lille bord med fine vaser, og Tina ville ikke have klinket porcelæn.

Husejere

Henrik vendte blikket mod det gamle faldefærdige udhus og cykelskur i baghaven. Måske kunne det bruges. Efter en uge på arbejdet voksede tanken om det lille hus på prærien, der kunne blive hans eget fristed. Fredag eftermiddag faldt det første gamle bræt for brækjernet. I løbet af en time fløj hele baghaven med brædder, og kun skelettet af huset stod tilbage.

"Du kører i containeren med alt det bras" Tina havde åbnet køkkenvinduet for at lufte ud, og rystede støvkluden. Der kom ikke noget støv ud af den.

"Selvfølgelig" Henrik var helt opsat på sit nye værelse. Det var betydelig større, end det først havde set ud til. Femten kvadratmeter. Så længe han var i gang med forbedringer, og ellers havde en hel del at rydde op, havde han fred for Tina.

Udhuset tog hurtig form. Nyt tag og friske brædder hele vejen rundt med indvendig isolering og en duft af frisk træ. En behagelig følelse kom op i ham, som han svagt huskede fra sine drengeår, da de lavede huler på byggelegepladsen. Det tre meter lange arbejdsbord var kommet op. Hans værktøj hang på væggen med en streg rundt om. Så der ikke var nogen tvivl om, hvor det hørte til. Træreolerne fra Ikea var sorteret op med skruer og søm i små kasser. En lille slibemaskine og en borestander var nu monteret sammen med en skruestik. Et par lysrør i loftet sørgede for, at der var jævnt arbejd lys over det hele. Det var med en berusende lykkefølelse, at han måtte konstatere at han var færdig. Klar til at arbejde med alle de udfordringer der meldte sig.

Barselsorlov. Han havde ikke haft lyst til at fremlægge det for chefen endnu. Tina gik hjemme da det nu var lige op over. Det nærmede sig weekend. Han glædede sig til at komme hjem og tage sit nye domæne i brug, men der skulle sikkert først købes ind. Tina havde indført shopping hver fredag eftermiddag, så de var sikre på at stå i kø med alle de andre. Han hadede det. Gå rundt i hælene på hende, mens hun vendte priser, og spurgte ham hvad han syntes. Han syntes, at de skulle køre hjem, men det sagde man bare ikke til en `sortbælte i shopping`. Der var kun en ting der var værre, og det var julegaveindkøb. I storcentret kunne man følge kvinder med mutte ægtemænd, der travede lettere irriterede bag dem begravet i pakker med et slidt kontokort. Nogle havde slæbt hele familien med, hvilket gav lidt ekstra krydderi fra plagende børn, der som dispensation fra manglende fjernsynstimer skulle have et eller andet. I hvert fald så meget som muligt.

Husejere

”Du kan godt være lidt nærværende skat. Klæder den mig eller ser jeg tyk ud i den?”

Farlige spørgsmål der kunne sætte sexlivet på standby i flere uger.

”Du ser dejlig ud skat. Er vi ved at være færdige?” Han havde opgivet sporten i fjernsynet og begravet i pakker og poser fundet sig en stol, der var stillet frem i butikken af en snedig salgschef. Helt sikkert en mand der kendte sine artsfæller. Nu kunne han slappe af, mens konen udfordrede deres økonomi.

Fredagsindkøbene var slut. Slæbende som et pakæsel bragte Henrik de indkøbte varer i sikkerhed inden for deres matrikelnummer. Fem Nettoposer og en enkelt Irmapose der ikke vejede så meget.

”Når vi bliver rige, så vil jeg kun handle i Irma” Den sætning havde hun brugt tit. Henrik kastede et blik på de indkøbte varer. Hvis de havde været rige, så var de det ikke mere.

Nu var det fredag igen, da han drejede ned af villavejen. Hun var ikke hjemme. Huset var helt tomt og stille. På køkkenbordet lå en seddel.

”Hej skat. Jeg er taget med mor i centret. Kys Tina”

Helt alene hjemme. ”Yes!!” En varm afslappet følelse bredte sig i hele kroppen. Han måtte skynde sig at nyde det. Han løb nærmest rundt om sig selv i panik. Hvert eneste af de minutter, der var helt hans egne skulle udnyttes.

Skuret. Det kunne ikke gå hurtigt nok med at komme ned på værkstedet. Han havde gjort plads til et lille køleskab i det ene hjørne med kolde øl. Han havde været på besøg hos naboen i hans lille værksted, hvor han lå i eksil i forhold til konen.

De havde fået sig en rigtig mandesnak. Nu kunne han invitere på en bajer blandt udhusfolket. Måske kunne de danne deres egen grundejerforening for cykelskure og baggårdsværksteder. De kunne rejse sig i flok, stærke nok til at sætte sig op mod det svage køn. De kunne forlange bedre indkøbsvogne og et rent forklæde og viskestykke. Planen var at stille et lille fjernsyn oven på køleskabet. En stueantenne var rigeligt til at fange signalet fra Gladsaxe senderen. På resten af kanalerne kunne han tage Odense savværk i snevejr, uden at finindstille.

Det første, der ramte hans øje, var måtten uden for skurdøren. `Velkommen` stod der. Da han åbnede døren lå der en lille tæppeløber ved arbejdsbordet. I hjørnet hvor køleskabet skulle stå, stod nu hans bedstemors gamle gyngestol med broderede hynder. Der var små billeder

Husejere

alle vegne af familien og potteplanter i vinduerne. `Røvballegardinerne`
og det lille tebord med askebægeret, fik det hele til at flyde over.

"Er der storaffaldsafhentning i denne uge?" Tinas mor drejede bilen ind
foran huset. På fortovet stod en gammel gyngestol med en sammenrullet
løber, og et lille bord der var stillet på hovedet. En bunke billeder lå i en
papkasse mellem bordbenene. I det samme kom Henrik med dørmåtten,
som han kylede ud i bunken. Ordet `Velkommen` lå krøllet sammen.

"Hvad laver du?" Tina stod hovedrystende ud af bilen, med en blanding
af undren og uforståenhed.

"Der er nogen, der har læsset affald af i mit skur" lød det rasende fra
Henrik. Svigermoderen trådte et skridt tilbage, da måtten kom flyvende.

"Hold nu op med at være så barnlig. Jeg ville jo bare gøre det hyggeligt
for dig"

"Hyggeligt!!" råbte Henrik. Du kan bare ikke holde fingrene for dig
selv! Du skal ind og styre alt. Du har overtaget hele huset samt haven, og
lavet det om til et museum for gæster. Den smule plads, der er tilbage til
mig, skal du absolut også sætte dig på"

"Men jeg…" mere nåede hun ikke.

"Du holder dig væk fra mit skur !! Er det forstået !!" Henrik øjne
lynede, og ordene blev understreget af en fremstrakt finger.

"Jaa.." lød det spagt fra Tina. Hun turde ikke sige mere.

Henrik drejede rasende om på hælene, og forsvandt ned til sit skur.

Det blev en stille weekend. Der blev ikke vekslet mange ord. Vreden
holdt en dags tid, men så begyndte han at falde ned igen. Lidt dårlig
samvittighed og dog. Nej, her stod han fast. Den sidste bastion, det sidste
stykke land var hans. Søndag nat lå han med ryggen til hende, da han
mærkede en hånd i nakken. Han vendte sig mod hende, og uden ord krøb
hun ind til ham, så godt hun kunne med maven. Han fik udløsning for
sine frustrationer. Bagefter virkede problemet ikke så stort mere.

Efter en uge kunne han glæde sig over, at skuret var hans, og hun
blandede sig ikke mere. Han havde sejret. Han havde skuret og hun havde
resten. Inden han trådte ind i værkstedet, tørrede han lige fødderne af i
måtten, hvor der stod - `Velkommen`.

Kg

***

Penge

Det første man skal gøre, hvis man pludselig kommer til penge er ingenting. Fortsæt hverdagen og man vil langsomt mærke, at man er blevet rig. Ellers forsvinder de hurtigt igen. Måske endda med gæld.

***

Hvis man finder en million på gaden, skal man indlevere den til politiet. Det kunne være en fattig mand der har tabt den.

***

Jeg kender en mand der er meget fattig.
det eneste han ejer er penge

***

Hvis jeg vinder en million i lotteriet vil jeg spare dem op. Jeg har tjekket min bankbog og der er plads.

***

Jeg er gået i gang men min anden million
den første blev ikke til noget

***

Sort Arbejde

"Penge af anden etnisk indkomst
end hvid"

Black Friday

Fantastisk med den årlige indkøbsdag "Black Friday"
jeg sparede 100%
Jeg blev hjemme

***

Flyvende tallerkner

Når man tilbagelænet kikker på den klare stjernehimmel hvor tusindvis af stjerner, med blød hånd, er strøet ud over nattehimlen i et fantastisk skue, med et blåsort skær af bundløshed og mangfoldighed på en gang, så kan man undres og tænke, at der må være liv andre steder. Det må der være, men de kan være et par millioner år ved siden af os og langt mere dumme eller intelligente.

Hvad med flyvende tallerkner? Jo nogen har set et eller andet, men hvordan i alverden skulle de kunne flyve mellem planeterne på en tankfuld brændstof? De må have noget andet, som vi ikke ved noget om endnu. En enkelt teori.....

Jorden er magnetisk med en syd og en nordpol. Magneter tiltrækker og frastøder hinanden, alt efter hvordan man vender dem mod hinanden. Nord mod nord frastøder. Nord mod syd tiltrækker.

Elementært har vi måske dette til fælles med andre planeter, uanset hvor vi befinder os tidsmæssigt. Lad os sige at de flyvende tallerkner har fundet frem til en metode, der gør deres maskiner magnetiske på samme måde som jorden. Så har de en `gearstang` hvor frem betyder nord og tilbage er lig med syd"

"Gearstang i `frem` frastøder dem fra jorden og skyder dem ud i himmelrummet. Så ringer fru marsbo til sin mand for at fortælle, at middagen står klar. Han sigter på Mars og trækker gearstangen tilbage. Nu tiltrækkes han af Mars og flyver lynhurtigt hjem, uden brug af brændstof, dog lige med et smut forbi Jupiter, med den indkøbsseddel han har fået med af sin kone og lidt ost fra månen.

Trafik

Bilradioen advarede om, at der var en spøgelsesbilist på motorvejen kørende i modsat retning.
"En!! Hold da kæft!! Der er i hundredvis af dem"

***

De konstant stigende benzinpriser berører ikke mig.
Jeg fylder altid bilen op for 100 kroner.

***

Bilister er nok af de største menneskekendere jeg kender. Hvem andre end dem kan udpege så mange idioter i trafikken.

***

To bilister mødes frontalt på en smal vej. Den ene ruller vinduet ned og råber
"Jeg flytter mig ikke for en idiot !!"
"Nej, men det gør jeg"

***

I den daglige morgentrafikken der sneglede sig af sted med lange pauser, kom jeg til at holde bag en lastbil med en tekst på bagsmækken hvor der stod;
"Du står nu som nummer 1. i køen"

***

Højrekørsel i Sverige
3. september 1967 skiftede Island og Sverige fra venstrekørsel til højrekørsel i trafikken.
Så vidt jeg husker, startede man forsigtigt med de store lastbiler først.

***

Kan en bil kørt af en kvinde kaldes for en herreløs bil ?

Trafik

I Sverige er fotovogne med fartkontrol flere steder erstattet med stationære "stærekasser"

En mand passerede i sin bil og blev blitzet, men han kørte ikke for hurtigt, og stærkt oprevet vendte han bilen og kørte forbi en gang til – med samme resultat.

Der måtte være en fejl i udstyret, så han tog en tur mere, hvor han sneglede sig forbi, men fotokassen tog atter et billede af ham og bilen.

Opgivende og frustreret kørte han videre. Han ville absolut klage hvis han fik en bøde.

Ugen efter modtog han 3 bøder med posten for at køre bil uden sikkerhedssele.

GPS

… Er en praktisk foranstaltning, når bilerne fra fabrikken er udstyret med fastinstalleret Gps. Så hænger Gps og nummerplade sammen. Det betyder at politiet kan sidde på en kontorstol og kontrollere, om man kører for stærkt. Nej… det er spild af ressourcer… Computeren kan da bare automatisk udskrive fartbøder og sende dem til bilejeren, så ligger den klar, inden de selv når hjem, Så får politiet mere tid til at skrive andre bøder ud.

Kg

Bilvask

Min mor havde i 60érne blandt sine venner et muntert ægtepar. Det var den gang man vaskede bil på gaden med spand og vaskeskind.

"Har du ikke en gammel klud du kan smide ned til mig?" råbte han op til sin kone der stod på altanen.

"Selvfølgelig skat. Lige et øjeblik"

Hun trak kjolen over hovedet, rev den midt over og smed den ned til sin mand.

***

Trafik

Citronen

En dag kørte jeg på ringvejen mellem Herlev og Glostrup. En stor voldsom firhjulstrækker med masser af hestekræfter og en kølerhjelm som et rovdyr lå og pressede på bagfra. Indvendige overhalinger og hornet blev flittigt brugt, da de andre bilister kun kørte hvad der var tilladt. Bag rattet en middel aldrende mand der havde købt sig en potensforlænger i form af en stor bil med status over alle andre.

En lille C1 Citroen var kommet i vejen og selv med blinklyset og horn kunne han ikke komme uden om den. Da den lille bil ikke nåede over for grønt lys, måtte han bremse op til stor irritation bag den lille "gnalling" af en bil.

Pludselig gik døren op i `Citronen` og en stor mand kantede sig ud. En to meter høj rockertype med en ½ meter mellem øjnene, tatoveringer over hele kroppen og kæmpemuskler der udfordrede den kortærmede sommerskjorte, så den var ved at sprænges.

I raske skridt gik han hen til manden i firhjulstrækkeren, der fik travlt med at låse og rulle vinduet op.

"Du skal fandme ikke rulle vinduet op, når jeg taler til dig. Er det forstået?" han satte hånden på kanten af vinduet.

Og så fik han ellers, med store bogstaver, læst og påskrevet hvordan man opførte sig i trafikken. Manden i bilen var blæst helt over på passagersædet, inden han var færdig.

Derefter gik han tilbage, maste sig ind i sit sneglehus og kørte videre.

Det tog et øjeblik før manden i firhjulstrækkeren fik taget sig sammen til at køre. Han skulle også først lige hjem og skifte bukser.

***

Trafik

Parkering

Min søster og svoger var kørt til Polen på ferie.

I Krakov stillede de bilen i en sidegade, og af frygt for at de ikke kunne finde den igen, skrev de for en sikkerheds skyld gadenavnet af fra husmuren.

Efter et par timers byvandring fandt de en taxa, stak ham sedlen med gadenavnet, og bad ham om at køre dem tilbage til bilen. Han kikkede forundret på sedlen og grinede.

Frit oversat stod der "Ensrettet"

Taxakørsel

Vi har en god bekendt der kører taxa.

En mand og hans kone kom løbende hen til Hussains taxa på Rådhuspladsen.

"Hvis du kan nå vores fly i lufthavnen, får du femhundrede kroner ekstra, men det haster!! lød det fra manden.

Den var Hussain med på,

"Hop ind på bagsædet så giver jeg den gas," sagde han til konen, mens manden satte sig foran hos Hussain.

Døren smækkede bagi og hjulene hvinede et kort øjeblik, da taxaen accelererede. Det blev slalomkørsel i et hasarderet tempo gennem byen, mens han forklarede manden om Mercedens køreegenskaber. De skulle nok nå det, de var kommet til den rette mand.

"Så nåede vi det alligevel," sagde manden tilfreds og vendte sig om mod konen.

Men bagsædet var tomt. De havde simpelthen ikke fået hende med. Hun stod stadig på Rådhuspladen, med varm asfalt hele vejen op ad tøjet, da baghjulene på taxaen accelererede fra nul til hundrede.

Til gengæld havde de hendes lille kuffert med i bagagerummet. Det var bagagerummet de havde hørt smække. Ikke døren.

Trafik

De første automobiler

Lars Peter levede som fisker i Sletten ved Humlebæk. Han fik med tiden en fiskevogn med en hest spændt for, som han kørte til Karlebo med og solgte fisk.

Hesten kendte med efterhånden selv vejen hjem, og han kunne sagtens tage sig en lur på kuskesædet. Når han vågnede, var hesten hjemme igen. Desværre var der ved at komme de her nymodens tingester man kaldte automobiler. Så en dag i krydset i Niverød måtte en bilist helt op på bremserne, da hesten traskede ud i krydset med den sovende Lars ved roret. Bilisten skældte ud og råbte op om hans sindssyge kørsel, men Lars der var en rolig missionsk mand dæmpede ham ned og sagde:

"Jeg synes vi skulle folde hænderne sammen i bøn og takke den gode gud for, at der ikke skete noget".

Efter flere forsøg er det ikke lykkedes at få indført dette lille ritual i færdselsloven.

Uddrag af bogen "Gardehusaren fra Humlebæk"

Køkultur

En mand kørte frem til bestillingsstanderen ved McDonalds. Han var ikke helt klar over hvad han kunne få og hvad han havde lyst til. Så det tog lidt tid.

Bag ham holdt en bil med en nogle unge mennesker der var ved at miste tålmodigheden. De dyttede og råbte ud af vinduet, at han skulle se at blive færdig. Køen var lang.

Manden kørte frem til betalingsvinduet og betalte. Ikke kun for sin egen mad men også for dem bagved. Så da de nåede frem fik de overraskede at vide, at manden havde betalt for dem.

Dyttende med en oprejst tommelfinger vinkede de og takkede.

Manden kørte frem og fik udleveret sin mad. Men han tog også de andres med, som han havde betalt for.

Da de nåede frem var der ingen mad til dem, så de måtte køre om bag den lange kø igen.

Trafik

Snydt på 3 minutter

På Vesterbro skulle jeg parkere og have en P-billet. En mand står febrilsk og roder i lommerne ved P-automaten
"Du har vel ikke lidt småpenge, jeg har ikke nok og skal til lægen"
Han fremviser 2 kroner i hånden. I lommen finder jeg to 5-kroner og giver ham den ene.
"Må jeg ikke nok bede om den anden også?" det får han
"Du har vel ikke en 10`er mere, jeg skal bruge 24 kroner"
Nu går det op for mig, at han slet ikke har nogen bil. Jeg afviser og han skynder sig videre, ikke til sin bil men til et ægtepar lidt længere nede ad gaden. Kort efter roder også de rundt efter småpenge, så den stakkels mand kan købe sig en bil.
Snydt, men kan ikke lade være med at grine over den tragisk, komiske oplevelse. Et kort øjeblik ramt af skyggerne fra velfærdssamfundets bund. Der hvor man er så langt ude, at man må snyde sig til dagen og vejen.
Stof til eftertanke. Kunne man selv komme i den situation?
I så fald ved jeg godt hvilken bil jeg vil købe.

Kg

***

"Hvordan ser Peters nye kæreste ud ?"
"Uhhh..ha…da..da hun har alt det en mand drømmer om
brede skuldre og hår på brystet"

***

Sport

Andenpladsen

Nummer 2 i en konkurrence er den første i rækken af tabere

Snemanden

"Far! far! vågn op! Du skal bygge en snemand til os"

Lørdag morgen klokken otte. Det havde sneet hele natten. Dynen var dejlig varm i det kølige soveværelse, da Andreas landede med et spring midt i sengen. Nærmere bestemt med knæet i skridtet på sin far, der fra dyb søvn fandt sig selv siddende oppe på et splitsekund.

"Aaarrrrgggg....!!"

"Du lovede os en snemand, så snart det blev snevejr. Se selv!" Andreas møvede sig hen over sin mor, der kravlede dybere ned i dynerne. Med et hårdt ryk flåede han gardinet til side, så den lavtstående sol ramte Henrik s åbne pupiller i en lyseksplosion.

"Andreas for fanden. Klokken er kun otte." Henrik holdt hånden beskyttende for øjnene.

"Du lovede det altså far" Nu stod Rikke i døråbningen med sin dukke.

"Så giv dem for pokker den snemand, så jeg kan sove videre" lød det velmenende fra den talende dyne ved siden af.

Fortumlet med morgenhår fik han sat kaffe over. Haven lå badet i en halv meter hvid sne. Rikke og Andreas var nu otte og fem år. Hans forhold til børn havde taget en drejning de sidste par år. De var ikke små babyer mere, men små selvstændige mennesker der kunne det meste selv. Det var lykkedes at trække tiden ud til middag med snemanden. Klokken var tolv, da den første store snebold var rullet op.

"Skal vi ikke lave den ude ved vejen, så kan alle folk der går til købmanden se den" Det syntes ungerne var en god ide. Lørdag formiddag var der tæt trafik af fodgængere på vejen ned mod supermarkedet.

"Vi skal bruge en kost og en gulerod" kommanderede Henrik, og børnene hentede ivrigt remedierne.

"Nej, nej der skal den ikke sidde" Andreas var ved at tisse i bukserne af grin, da Henrik satte guleroden for neden i stedet for oppe ved næsen.

"Faarr!!" var Rikkes eneste kommentar.

Tre store snebolde lå nu oven på hinanden. Hoved og underkroppe.

Henrik blev grebet af projektet. Han huskede sin barndom på legepladsen, hvor de havde bygget snemænd for tredive år siden. Det var en berusende tilbagevending til barndommens dage. Henrik var dreng igen. Snemanden skulle ligne dem, han huskede og bedre. Det var nemt at forme tøsneen. Han fik lavet små udskæringer på kroppen, kost under armen, sorte kul som knapper. Øjne, mund og ører. Et par støvler skulle den også have. Figuren tog form. Henrik var totalt opslugt af projektet. Svedende kravlede han rundt i sneen, for at få et par gamle støvler til at passe ind.

Selv var han efterhånden gennemblødt, men det var nemmere at kravle rundt end at rejse sig. Så på alle fire bevægede han sig hurtigt rundt for at samle ting op og rette til.

Med en fantastisk iver og fantasi var han gået til den, da han pludselig følte sig iagttaget og kikkede op. Et par meter fra ham var hele vejen fyldt op med folk, der fulgte med i hans arbejde. Han havde ikke opdaget, at ungerne var smuttet videre til noget mere interessant. Så midt i sin iver havde han vendt sig om og stod ansigt til ansigt med en hel flok mennesker med indkøbsposer der overværede byggeriet. - Pinligt!!

"Rikke og Andreas! kom og lav snemanden færdig!"

Et mislykket forsøg på at kalde børnene til faldt til jorden. Flokken opløstes, mens folk smilende tænkte deres.

***

Rødhætte hørte ikke efter sin mor
Pinocchio var en løgner
Robin Hood var en tyv
Tarzan gik uden tøj og sov med en abe
Snehvide boede sammen med 7 mænd
Pipi Langstrømpe var jagtet af myndighederne
Emil drak sig fuld

Det var ALLE mine rollemodeller, og i dag
undrer man sig over min opførsel   *Facebook*

Børn

"Børsen sagde mig heller ikke noget"

I Legoland

Vi var i Legoland på en skøn sommerdag. En "million" børn rendte rundt mellem hinanden, og en voksende bekymring for at de skulle forsvinde i mylderet fik en fornuftig far til at forberede sig på det værste.

Jeg kikkede mig rundt, og mit øje faldt på et stort rundt tårn der ragede op i luften. Det var, en form for elevator der hejste 50-100 børn op til en flot udsigt ud over Legoland. Fint tænkte jeg.

- Hør her unger. Hvis I bliver væk fra mor og far, skal I straks gå over til det tårn, så kommer vi og henter jer.

Børnene nikkede. Anders kikkede længe over skulderen på tårnet mens de gik videre.

- Far har du set alle de børn der ikke kan finde deres mor og far.

Børn

Ud og spise

I ferien på Bornholm forklarede vi børnene, - at i aften skulle vi ikke lave mad. Vi skulle ud og spise.

Ungerne jublede og glædede sig til at komme ud og spise. Klokken 6 stod vi pæne i tøjet i restauranten.

Tjeneren viste os hen til et bord, men da vi skulle til at sætte os startede balladen. Christian ville ikke, han hylede.

Alle gæsterne kikkede og vi forsøgte at dæmpe ham.

- Jamen du ville da gerne ud og spise, ikke ???

Gennem gråden fik han fremstammet;

- Når vi skal ud og spise, skal vi da ikke sidde indenfor, vel?

Logik! En kølig sommeraften i skjorteærmer fik vi maden serveret i restaurantens gårdhave. Vi havde den for os selv.

***

Min nieces datter Kaya på to år er blevet rigtig dygtig til at snakke og gør det hele tiden. Hun sidder og prøver på at skrælle en appelsin, mens fornuften vælter ud af hende.

"Jeg skal IK` spise skrællen. For så bli`r jeg forkølet, og så skal jeg til tandlægen."

***

Jeg har mere end en niece med en datter på 2 år. Hendes storebror er meget glad for sin lillesøster der blev døbt Sille Helene. Det undrede forældrene, at han ud over en megen kærlig omsorg for sin lillesøster altid kyssede hende godnat når hun skulle sove med ordene

"Jeg kommer igen i morgen"

Indtil det gik op for dem, at mens den lille pige voksede op og begyndte at af prøve grænser, var hun altid blevet sat på plads med en løftet pegefinger og

"Nej Sille Helene!!"

Han havde hørt det som "Sille alene".

Børn

Rustbehandling

Min tidligere nabo lå under bilen og bankede rust på sin bil med en stor tung solid hammer. Hans lille søn kommer ud og ville være med.

"Det må du gerne. Vent her så henter jeg lige din lille hammer"

På tilbagevejen kunne han høre nogle gevaldige brag. Sønnen havde taget den stor mukkert og hamrede løs på bilen.

"Far, jeg kan sagtens bruge den her"

I vandret stilling og sidste sekund fik han stoppet drengen der sigtede mod sideruden.

***

Den skarpeste måde at dele noget mellem to børn er
- at lade den ene dele og lade den anden vælge først
Mere præcist kan det simpelthen ikke blive

Kg

***

Børnehaven

I børnehaven var jeg som far nede på alle fire for at binde min søns sko. Hans tyrkiske legekammerat fulgte med på sidelinjen. Konstant prøvede de at overgå hinanden.

"Min far er stærkere end din far", lød det fra Ergun.

"Nej min far er stærkere end din, og så har min far overskæg"

"Nu var Patrick foran på point, det havde Erguns far ikke.

"Min far har overskæg" gentog han og lod fingeren glide hen over sin fars overlæbe. Der blev helt stille, den tyrkiske dreng vred sig men lyste så pludselig op.

"Haaaa… det har min farmor da også.

Børn

Zorro

Til fastelavn var min søn klædt ud som Zorro. Han ville vise sin udklædning til naboen og ringede på døren. Da naboen åbnede, udbrød hun.
"Uhh... ha...da... hvor bliver jeg bange !!"
Drengen skyndte sig at tage masken af
" Nej.. nej.. det skal du ikke være. Inde under er jeg en helt almindelig mand"

Børnefødselsdag 1962

”Vil du komme til min fødselsdag?”

Når man åbnede det blå kort, foldede en cowboy ud med to revolvere i hånden. Martin og Lone havde fået lov til at invitere fire venner hver til fødselsdag søndag klokken to. Da deres fødselsdag faldt med en uges mellemrum, blev det holdt samme dag.

Lone var omgivet af klassekammeraterne i pigegården. Hendes kort var lyserøde med heste. Det var ikke svært at vælge, hvem der skulle med. Det svære var, at vælge dem fra der ikke skulle. Se skuffelsen i deres ansigter, når de var reduceret til en veninde under fjerdepladsen.

Dørklokken ringede uafbrudt med en ny gæst. Lone e flåede i sin iver døren op.

”Hvad har du med til mig!!?”

På trappen stod med mellemrum små piger i fine kjoler og små elegante mænd med vand i håret. I hvid skjorte og butterfly. Pyntet op hjemmefra. Alle med en lille pakke i hånden. Det store spisebord var trukket ud, og med plader i fyldte det hele stuen.

”Hej Martin” Det var Jonna, Lone s gode veninde som sendte ham et smil, der med smilehullerne fremhævede hendes kønne ansigt.

”Hej” Martin blev helt rød i hovedet og skyndte sig at pakke en gave op.

”Så må I godt gå til bords unger” moster var indkaldt til aktiv tjeneste for at hjælpe med at styre tropperne. Deres mor kæmpede i det lille køkken med at lægge sidste hånd på lagkagerne.

Lejligheden var levende i et mylder af børn. Blinkede hun med øjnene, stod der et andet barn i stedet. Nogen var i gang med at splitte legetøjskasserne i soveværelset og hælde dem ud på gulvet, andre skulle lige se hvor mange de kunne være i klædeskabet med skydedøren lukket. Det var tid at få styr på tropperne.

”Sæt jer så ned unger!” Tonen blev lidt mere skarp. Som pædagog havde moster et godt tag på børn med en kærlig og bestemt hånd.

Bordet var pyntet op med en festlig papirdug, serpentiner, røde og gule sodavand, sugerør, stearinlys, flag og masser af farvede balloner, som det havde taget Martin og Lone hele formiddagen at puste op.

En generthed lagde en dæmper over bordet. Tolv børn tæt bænket i den toværelses lejlighed. Skolens daglige adskillelse af piger og drenge gjorde dem fremmede over for hinanden. Anne havde fået lov til at tage sin veninde Dina med fra børnehaven. Martins mor var kommet frem fra køkkenet med lagkagerne. Hun undrede sig over, at der ikke var nogen, der sagde noget. Der var helt stille i stuen. Forsigtigt blev der bidt af bollerne og slubret af den varme kakao med flødeskum.

” Hold da op. Kan de være så stille”

”Jeg tror ikke du skal regne med, at det holder”, moster vidste af erfaring bedre fra sit arbejde i Menighedsbørnehaven.

De varme boller gled ned en efter en i stilhed. Sugerørene boblede nu og da med mellemrum i sodavandsflaskerne, hvor der både blev suget og pustet til de skummede over. Et lille grin slap ud og trukket tilbage igen. Karen holdt sin søster tilbage, da hun stod klar med en karklud.

”Lad dem være. Det bliver værre endnu”

De to lagkager blev tændt. Lone bøjede sig frem og skulle lige til at puste, da hun i det samme kom til at nyse lige ned i lagkagen. Ingen bemærkede det. Moster vendte sig mod sin søster og trak på skulderen.

”Hvad pokker. De kan lige så godt få alle børnesygdommene på en gang, så hvorfor ikke en dag hvor de er samlet?”

Hun pustede og pustede til alle lysene gik ud. Martin rejste sig op og pustede sine lys ud, til han var helt blå i ansigtet, Et lys overlevede, mens han gispede efter vejret. Han havde trods alt også to lys mere end Lone.

”Martin har en kæreste!”, lød det stille fra Lise.

”Vel har jeg ej” Han blev helt rød i hovedet, og skyndte sig at puste det sidste lys ud. Lagkagestykkerne blev delt rundt, men lyset var ikke glemt. Nu var de to voksne gået ud i køkkenet for at slappe lidt af over en kop kaffe og en smøg.

”Det gik jo meget godt. Tror du vi skal finde nogle spil frem. Ludo og Matador?” Karen kikkede på hende, smilede og rystede på hovedet.

”Glem det hvis du skal bruge dem hele en anden gang! Hvor smager kaffen dog godt i dag.” Døren til stuen var lukket på klem.

”Martin har en kææææreeste”, Lise ville ikke slippe ham.

”Martin har en kæreste”, råbte de andre i kor.

”Og det er Jonna!”, skreg Egon. Støjniveauet var nu på vej op. Han måtte råbe for at overdøve de andre. Jonna sagde ikke noget. Hun sad bare og kikkede på Martin med et lille smil, der gjorde ham helt febrilsk.

”Vel har jeg ej!”, gentog Martin i afmagt og greb sin ske. Fyldte den med flødeskum og som en slangebøsse, skød han den af sted mod Egon. Flødeskummet ramte Egon lige på brillen med et klask. Da han ville tørre det af, kunne han slet ikke se noget. Hurtigt greb han et stykke af sin lagkage og kylede den tilbage i blinde. Det ramte Lise der skreg op.

”Min kjole!!!”

Arrig rejste hun sig. Rystede sin sodavand, og slap den løs. Hun satte fingeren på toppen og sendte en stråle af sted, der ramte halvdelen af selskabet. Erik blev tosset og hamrede en knyttet næve ned i hendes lagkage. Nu startede krigen. Lone sugede sodavand op i sugerøret og pustede det af sted. Rigtig god ide. Alle vidste hvordan man brugte et pusterør. Det kunne man købe i flere farver hos købmanden og med en pose flæk ærter i lommen, kunne man lege krig i gården, til der ikke var flere ærter. Sodavand var nyt. Det var ikke prøvet før men effektivt, og blev straks samlet op af de andre. Anne synes det var rigtig god fødselsdag. Der var gang i festen. Hun tog en serpentiner og pustede den i hovedet på Egon, så den satte sig fast i de klistrede briller.

"Din lille møgunge!" Egon rejste sig og greb fat i armen på Anne, der forskrækket straks fortrød hvad hun havde gjort. Han rystende hende, men pludselig blev han trukket bagover og væltede om på gulvet mellem stolene. Lone havde hevet fat i kraven på ham og sad nu overskrævs på ham under bordet.

"Du rør' ikke min lillesøster, forstået?" Et par lynende øjne fortalte ham, at han nok hellere måtte gøre som hun sagde, og så ellers se at komme op igen i en fart, før de andre opdagede, at han var blevet nedlagt af en spinkel pige, der gik to klasser under ham. Døren til stuen røg op. Hele stuen var levende

"Hvad sker der herinde? Vil I straks sætte jer ned!! Og det er NU!!" Som ved et trylleslag stoppede slagsmålet. Karen stod i døren og så meget vred ud. Med blikket slået ned fandt de deres pladser igen.

"Det var Martin der startede...", Lise forsøgte at vinde lidt sympati.

"Det var det i hvert fald ikke. Det var...."

"Jeg er fuldstændig ligeglad med hvem der startede. I opfører jer ordentligt. Forstået?"

Bordet flød med lagkage og sodavand. Papirdugen var gået i opløsning flere steder og børnene lignede langt fra dem, der havde ringet på døren tidligere. Alle var mere eller mindre smurt ind i flødeskum.

"Jeg gider ikke at have den her på mere", sagde Egon og hev sin butterfly af.

"Den strammer" Skjorten hang uden for bukserne.

Lone lignede en amazonekriger, der var klar til at tage en hvilken som helst udfordring op.

"Må jeg godt få en ny sodavand? Min er tom"

"Osse min", "og min...", "og min! Jeg vil også godt have mere lagkage! Egon han...." Karen lukkede ørerne og døren til stuen bag sig.

Klokken tre havde de opgivet at holde styr på tropperne. Døren til køkkenet var nu lukket og de overvejede at skubbe køleskabet hen foran. Det ville kun være et spørgsmål om tid før lejligheden sank i grus. Støjniveauet havde nået sit maximale leje. I soveværelset stod børnene i kø for at kravle op i den øverste køjeseng og derfra kaste sig over i dobbeltsengen. Lone kunne snurre rundt i luften og lande på ryggen. Det kunne Lise ikke. Hun landede på gulvet.

Det havde nu stået på en halv times tid. Med mellemrum lød der gråd fra entreen. Så kunne de fra køkkenet kun gætte på, om det var noget der ville gå over, eller om barnet ville dø af sig selv. Det var besluttet på forhånd, at børnene skulle have en fødselsdag, som de sent glemte. De voksne glemte den i hvert fald aldrig. Hvis bare det ikke kom på forsiden af avisen, så måtte de klare dagen igennem.

Endelig var det tid. Klokken var halv fire og døren til stuen gik op.

"Drenge og piger jeg......."

Martins mor stod med slik og biografbilletter i hånden. Synet der mødte hende, gjorde hende stum et kort øjeblik, hvorefter hun fattede sig.

"Så drenge og piger. Kan I tage jeres tøj på? I skal i biografen"

"Jubiii!", råbte de i kor og masede alle sammen ud i entreen for at finde sko og overtøj. Karen blev mast helt op i et hjørne, og kunne ikke få hoveddøren op på grund af de mange børn, der ville ud samtidig. Martin fik alle biografbilletterne med nøje instrukser om, hvad han skulle gøre. Hver især fik de en lille slikpose med. Fra tredje sal gennem gelænderhullet, kunne de følge børneslangen på vej ned i en enorm larm. Råben og skrigen. Nogle hoppede fire trin ad gangen på afsatserne, og andre kurede på maven ned ad gelænderet. Støjen på trappen ebbede ud gennem gadedøren, og kunne nu høres fra stuevinduet, der var blevet åbnet for at lufte ud efter vandalerne.

Alle i vildt løb gennem gaden mod Bergthora-biografen i Isafjordsgade.

Fuldstændig udmattede faldt de to søstre ned i hver deres lænestol, hvorfra de besigtigede skaderne. Det ville nok ikke være muligt at rydde op på under en uge.

"Gudskelov at du sendte dem i biografen", lød det udmattet fra moster.

"Det kostede godt nok tredive kroner at sende tolv børn i biografen til 4 forestillingen, men de er godt givet ud. Jeg havde ikke klaret to timer mere. Håber ikke at de har fødselsdag de næste ti år."

" Tusind tak for hjælpen"

"Skulle det være en anden gang, må du endelig sige til. Så er jeg nok ikke hjemme."

Uddrag af bogen: Barn af Islands Brygge

Kasteknivene

Da jeg gik i 3. klasse samlede jeg på små farverige figurer af indianere og cowboydere. Steffen var meget interesseret i en flot høvding på hest og ville for alt i verden eje den. Jeg ville ikke bytte den væk, uanset hvad han tilbød, men da han sagde, at han havde en håndfuld kasteknive lod jeg mig overtale. Næste dag havde han kasteknivene med og han fik sin høvding.

Hjemme i gården havde vi cykelskure af træ, så med kridt tegnede jeg en mand på døren og det varede ikke længe, før han var gennemboret af kasteknive. En sad dirrende lige i hjertet. Fantastisk god byttehandel.

Men lykken varer sjældent ved. Søndag aften bankede det på døren. Udenfor stod Steffens mor for at hente sine tretårnede sølvknive, som Steffen havde tømt sølvskabet for.

Uddrag af bogen: Barn af Islands Brygge

"Først skal træet vises, siden skal det spises"

Biffen 1962

Biografen var fyldt til bristepunktet. Billetten til 4-forestillingen kostede to kr. Salen var fyldt med børn, der råbte og skreg, og ikke et sæde var tomt. Lone havde taget sin bedste veninde Jonna og hendes lillebror med.

De havde fået til billetten af deres mor, og Jonna havde skyndt sig hjem til sin mor efter penge, så hun også kunne komme med. Skuffet var hun vendt tilbage med sin lillebror ved hånden.

”Jeg kunne kun få lov, hvis jeg tog Lars med” Jonnas far havde fået et listigt blik i øjet. Hendes mor rystede på hovedet med et skævt smil mens hun strøg en skjorte færdig. To timers sikker sex uden børn.

Der var penge nok til et par stykker Pernille chokolade, som de delte mellem sig. Luften var tyk af popkorn. Pigerne blev hevet i hestehalerne., hvorefter de vendte sig om og bankede løs på de fnisende drenge bagved.

"Kan du lige få fødderne ned fra sædet!"

Ude i siden skråt ind over stolerækkerne stod biografkontrolløren med en stram mine og pegede direkte på synderen, der skyndsomt fik benene ned fra sædet foran.

Så blev lyset langsomt slukket, og larmen blev enorm. Alle trampede i trægulvet, mens der blev piftet og hujet.

Tre damer i uniform på lærredet løftede på skift en trompet, mens de spillede en fanfare til ære for Saga Film.. Der blev mørkt, og salen faldt til ro. Filmen var i gang.

Indianerne fik deres velfortjente bank af cowboyerne, men de kom i gevaldig knibe. Vogntoget var omringet af vilde indianere i fuld krigsmaling. John Wayne forsvarede heltemodigt kvinderne uden selv at få en skramme. Han tømte sin seksløber. Syv indianere faldt døde til jorden.

Situationen var håbløs. Salen var lammet af spænding. Nu gjaldede et signalhorn. Kavaleriet angreb. Hele salen kogte over. Jaaaaa, juhuuuu…hurraaaaa fulgt op af piiiiften og trampen i trægulvet. Filmen sluttede med et heltekys og lyset tændte. Langsomt tømtes salen gennem de åbne fløjdøre. Det var blevet mørkt udenfor.

”Hej vi ses!” Jonna forsvandt ind i en opgang med sin lillebror.

Efter filmen fulgte gadekampene på vejen hjem i en rus af krudtrøg og medindlevelse. Der var en hel del indianer i hans lillesøster.

"Hej mor, vi er hjemme, hvornår skal vi spise?"

Uddrag af bogen: Barn af Islands Brygge

Løbeturen

En dag besluttede jeg mig for at løbe rundt om Søndersø
men da jeg var nået halvvejs, synes jeg at der var for langt og
vendte om.

Kg

Drømmen

Jeg har hørt om en kvinde, der havde drømt en drøm der var så
uhyggelig, at hun aldrig vågnede op igen.

Genfortælling

Et rensdyr og en kronhjort kommer ind på et værtshus
Bartenderen udbryder – Vildt !!

Kunst

Anmeldelse af en kunstauktion
"Man kunne ikke finde kunstneren, så man klyngede hans billeder
op i stedet"

Ferie

Vi skal ud og flyve
"Så må gud holde hånden over jer"
"Nej under os"

***

Nostalgi

Nostalgi har en begrænset levetid sammen med jævnaldrende
inden for eget alderstrin

Kg

Elektriker

Som elektriker eksperimenterer man med lys og kontakter. Ikke mindst i sin læretid. En af mine dengang lærekammerater havde på sit toilet sat en udskåret figur op af en negerpige med et løst bastskørt ved siden af toiletrullen,. Hvis man løftede op i skørtet, tændte der en lampe i stuen til stor fornøjelse for gæsterne.

***

Min mor boede i et rækkehus kompleks. Gårdhavehuse i hundredvis af samme slags. En dag jeg var på besøg, havde hun lige lånt mit værktøj ud, med mig bagved, til en veninde der bor i samme kompleks. En stikkontakt var gået i stykker. Det var en dejlig sommerdag så jeg gik derover. Ved eftersyn konstaterede jeg, at kontakten skulle udskiftes og kom i tanke om, at min mor havde sådan en liggende i sit udhus. Min mor er typen der gemmer alt.

Jeg løb tilbage og fandt en der kunne bruges. Tilbage igen. Jeg skulle godt nok på toilettet, og det hastede, men dog ikke mere end at jeg kunne nå frem.

"Det er mig!!" råbte jeg på vej ind ad døren, og direkte ind på toilettet. Efter den befriende trykudligning, sad jeg lidt og sundede mig.

Nåda-da de har nok fået malet på det sidste. Mit øje faldt på en pakke med bleer i hjørnet. Pudsigt! Så vidt jeg huskede, havde de da ingen børn. Mens jeg sad der et par minutter og hyggede mig, slog det pludselig ned i mig.

"Jeg er i det forkerte rækkehus" !!! Bukserne op og ud i stuen. Der stod en måbende familie. Far og mor med et lille barn på armen. De sagde ikke noget, stirrede bare. Nu var det med at være hurtig.

"Nå men jeg må videre tak for lån", og ud ad døren inden de nåede at reagere. Måske står de der endnu. Der er mange måder at lægge sit visitkort på. Jeg håber, at jeg nåede at trække mit ud.

Kg

Bryllup
Bryllupsfotograf

At fotografere brudepar kan mange gange være under tidspres efter kirken. Når gæsterne har sagt tillykke og overdænget dem med ris er der ca. en halv time til at tage opstillede billeder, inden de skal være fremme ved restauranten og følge gæsterne til bords. Jeg var nu færdig. Billederne var i kassen. Brudeparret ilede af sted i limousinen og jeg fulgte efter i min bil. Nu skulle jeg bare lige nå at tage et par billeder af bordet mens gæsterne fik velkomstdrinks i lokalet ved siden af. Et par gode vinkler, et billede af hele bordet og lidt af blom-dekorationerne.

"Puha.. jeg nåede det", nu kunne jeg slappe af den næste times tid.

Musikeren var ved at gøre klar og vi var alene i lokalet. Jeg svedte bravt. Slipset strammede og jeg var klam på ryggen. Jeg har altid en deodorant med for at udligne evt. svedlugt. Slipset røg af og skjorten blev knappet helt op. Bukserne helt ned og elastikken i underbukserne løsnet og luftet. Skjorten kunne også lige blive rystet for at tage den klamme ryg. Nu stod jeg så at sige kun i underbukser, med bukserne nede om anklerne.

Med et blev skydedørene kørt til side af to tjenere. Pianisten startede med fuld musik, og halvtreds gæster i kjole og hvidt strømmede ind.

Kg

***

Ved et bryllup blev jeg præsenteret for en mor og hendes datter. Det var næsten ikke til at se forskel på dem.
- Datteren så meget gammel ud.

Victor Borge

***

Hørt ved et bryllup sagt til brudgommen
"Din svigermor vil ikke have dig med på bryllupsbillederne"

Bryllup
Jørlunde kirke

I Slangerup ligger en kæmpe kirke med direkte forbindelse til himlen. Hvis man tager alle trapperne op i tårnet, kan der derfra ikke være særlig langt til Sankt Peters gyldne port.

Få kilometer derfra ligger Jørlunde Kirke i et langt mindre format.

Jeg var hyret til at tage billeder ved et bryllup og aftalte med brudeparret at skyde billederne bag kirken ved en lav kirkemur med en stejl skråning ned til en have med nogle dekorative træer.

Mens jeg gik ned ad den stejle skråning med brudeparret, stillede gæsterne sig oppe ved muren med god udsigt til fotooptagelserne.

Da bryllupsbillederne var taget, skulle vi op ad bakken igen. Galant lod jeg bruden gå først og mig bagefter. Hun var næsten nået helt op, da jeg kom til at træde i hendes lange slør. Der lød et skrig, da hun blev trukket bagover og fik overbalance, armene gik som møllevinger i et forsøg på at gribe fast i noget, mens brudebuketten fløj gennem luften, alt for tidligt til at nogen kunne nå at gribe den. Med et rædselsblik og øjenkontakt med gæsterne bag muren, forsvandt hun bagover og trillede ned ad bakke. Da hun nåede bunden var hun rullet helt ind i sløret som en pølse i svøb.

Gæsterne fik en masse gode billeder.

Kg

***

Da min onkel blev forlovet med min tante, skulle forældrene møde hinanden over en middag. Hun var en frisk pige, men også nervøs for om svigerforældrene kunne lide hende. Middagen gik fint og da de sagde farvel ved hoveddøren mente hendes svigermor, at hun måske havde glemt at få sine cerutter med.

"Jeg løber lige ind og ser efter" og væk var hun.

Lidt efter kom hun tomhændet tilbage.

"I kan godt gå. Jeg har været hele huset igennem, og der mangler ikke noget" - kom hun til at sige.

***

Skibakken

Dette er en radiohistorie jeg grinede af i firmabilen.

Den blev fortalt af en gammel mand der beskrev sin ungdom sammen med sin kone. De var taget på skiferie til Østrig. Skiløberne var delt op i grupper og de stod nu 20 mænd og kvinder på toppen af en lang bakke.

Langsomt begyndte de, en for en, at køre nedad for at samles igen for neden af bakken. Hans kone gled op på siden og hviskede, at hun kørte ned som den sidste, da hun skulle tisse noget så forfærdeligt. Så det ville hun lige klare, når de alle var kørt. Så det ikke blev pinligt.

Lidt efter stod hele holdet for enden af bakken. Hun skyndte sig at smide skistavene fra sig og trække bukserne ned. På trods af alt tøjet kunne det lige klares i hugsiddende stilling mellem skiene.

Pludselig begyndte skiene at glide. Til sin skræk opdagede hun, at hun ikke kunne bevæge sig. Skiene kørte nu hurtigere og hurtigere, og neden for bakken kunne holdet nu følge hende komme susende ned imod dem, med en lang gul glinsende stribe i sneen efter sig.

DR

Politik

”Far, er det ikke rigtigt, at der er to politiske partier i Amerika?”
”Jo det er såmænd rigtig nok”
”Og det er de hvide cowboyder` og de røde indianere, ikke?
”Nej ikke helt, men hvorfor spørger du?
”Jeg kan ikke finde ud af hvem præsident Obama holder med?

Kg

Religion

Hørt på Geneseret sø hvor Jesus gik på vandet.

”Vi er da ligeglade med hvem din far er. Du skal ikke gå her hvor vi skal fiske”

Hos lægen

Har aldrig brudt mig om at gå til lægen
På hans dør står
"Den næste `dør`"

***

En bekendt af min mor havde konstateret blod i sin afføring og skulle aflevere en prøve hos lægen næste dag.
Han var meget forlegen ved alle de mennesker der sad i konsultationen og med hurtige skridt gik han op til skranken, afleverede pakken og skyndte sig ud ad døren igen.
Da de åbnede den, indeholdt den hans madpakke.

Historien fortæller ikke noget om hvordan hans frokost forløb.

Privatlivets fred

Hvis telefonen ringer med hemmeligt nummer
respekterer jeg andres privatliv
og tager den ikke

Nøgenhed

Nøgenhed blev først interessant
da tøjet blev opfundet

***

Det er aldrig forkert, at gøre det rigtige

Mark Twain

Mormor og morfar

Min mormor sagde, ting der ikke altid var helt overvejet.
Blev hun budt en cigaret, sagde hun,
"Nej tak jeg ryger normalt ikke og ellers kun i godt selskab"

***

Nytårs aften hvor jeg stolt fortalte om alt det krudt jeg havde samlet sammen til klokken 24:00.
Der var kanonslag, lynkinesere og alt i alt lidt af en atombombe i den stor brune pose jeg havde medbragt.
"Årh... sagde hun, smid det lort i kakkelovnen.

***

Min morfar havde, hvert år, til nytårs aften købt det største kanonslag man kunne få for penge. Han tændte det altid med sin cigar og det bekymrede mig lidt, om han kunne finde på at smide cigaren i stedet og proppe kanonslaget i munden.
Nå men skidt! Han havde i forvejen gebis. Måske havde han prøvet det før.

***

Uddrag af bogen: Barn af Islands Brygge

Novelle

Sommerferie i Harzen 1964

"Kan du ikke slukke den cigar lidt" Mormor hostede og rullede vinduet ned.

"Må jeg da være fri!", udbrød morfar fornærmet, "Jeg har vel lov til at nyde en cigar i min ferie?"

"Ja, men tænk på børnene"

Sommerferien var startet, allerede dagen efter skolerne lukkede ned for sommeren. Morfars store Opel Kaptajn var kørt op foran hovedtrappen, hvor der var sat et måtte i klemme, så den forblev åben.

"Vi kan ikke have alt det med på ferie!" Morfar tog sig til hovedet.

Martin kom slæbende ud med en kuffert og i hælene hans mindre søskende med hver sin store taske. Rød i hovedet masede morfar for at få plads til bagagen. I en sand strøm var de kommet ned, og sat ting af der skulle med. Flere gange måtte han sende dem op igen. Bagagerummet havde sin begrænsning efter tre kufferter og store tasker. Langs bilen stod poser og ventede på deres tur.

"Er vi ved at være der?" Martins mor viste sig i døren. Jeg har slukket alt og låst døren. "Nu skal vi på ferie", lød det begejstret.

"Jubiii…", råbte Anne.

"Det kan ikke være i bagagerummet" Morfar rystede fortvivlet på hovedet, tørrede sveden af panden og forsøgte med al magt at få lukket klappen ned, men låsen smækkede ikke.

"Resten må ind i bilen"

"Hvor skal vi så være?", lød det bekymret fra Lone. Pludselig lød der et mekanisk klik fra låsen.

"Så lykkedes det endelig" Morfar måtte smide jakken og lufte sin svedige skjorte.

Tungt lastet startede bilen fra Gunløgsgade på Islands Brygge mod deres rejsemål Harzen i Tyskland. På bagsædet Lone og Jeg sammen med vores mor og på forsædet morfar og mormor med

Anne på skødet. Seks mennesker proppet ind i en Opel Rekord med udsigt til 600 kilometers kørsel. Gulvet og bagruden var fyldt op med poser, der var mast ud i alle hjørner og morfars cigar var tændt ”Jubiii… nu skal vi på ferie!”

”Jeg vil have min dukke!”, sagde Anne.
”Det kan du ikke få. Den ligger omme i kufferten”, sagde hendes mor.
”Jeg vil have min dukke, den skal ikke ligge mast i kufferten. Den kan ikke få luft!!”, råbte hun.

”Det kan du godt glemme. Der er ikke noget som helst i hele denne verden der får mig til at åbne det bagagerum igen. Er det forstået?” Nu var morfar vred.
De var ikke nået længere end til Amagerbanken ved Langebro, før en stortudende pige atter blev forenet med sin dukke. På parkeringspladsen flød det med kufferter og poser, der var ved at blive pakket om.
Kilometertælleren havde dårlig nok flyttet sig.

Fabriksferien var startskuddet på familien Danmarks tre ugers ferie, der alle startede samtidig. Lange køer på vejene, ved tankstationerne og færgelejerne. Første stop var færgen i Korsør. Den skulle fragte dem videre til Fyn og Jylland og derfra over grænsen til Lübæk og Lüneburg Hede, og så direkte mod Harzen.
Morfar var som mange andre nye bilejere i 60èrne medlem af Forenede Danske Motorejere FDM, hvis foretrukne rejsemål var Harzen. Tilstrækkeligt langt væk, men ikke uoverkommelig for en familiebil. Martin havde bladret i hans medlemsblade der hed `Motor`, men de var totalt uinteressante og kedelige.
Morfar var derimod en stolt bilejer, der gik op i alt hvad FDM sagde og foreskrev. Motorens ydeevne, bremser, dæk og støddæmpere. Det var rigtig vigtigt for en bilejer. Det gamle klistermærke `Tilkøres` sad stadig i vinduet, selv om det nu var år siden, at han havde fået bilen. Den måtte ikke komme over tres kilometer i timen, men det havde den heller ikke været ret tit lige siden.

"Er vi snart ved at være i Tyskland?", lød det utålmodigt fra Anne, der sad mellem benene på mormor, som havde måtte skubbe sædet tilbage, så der næsten igen benplads var på bagsædet.

"Lidt endnu vi skal lige ud og sejle først"

De var nu på landevejen mod Ringsted.

Hastighedsregulering var ikke noget problem på de smalle landeveje. Med høj cigarføring og en sindssyg tophastighed på 60-70 kilometer i timen, gik det nu mod Korsør. I løbet af kort tid havde han samlet en hale af biler efter sig, der ikke havde en chance for at overhale på de smalle veje.

"At rejse er at leve skrev H.C. Andersen" Morfar og pustede veltilfreds røgen ud. Han ville lige citere lidt poesi for dem. Synd at de andre biler ikke kunne høre ham.

"Jeg er køresyg!" Anne var askegrå i hovedet, det samme var Lone. Martin lå med næsen oppe i den lille trekantede bagrude for at trække frisk luft.

"Du kunne godt tage og slukke den cigar – far", sagde Martins mor.

Hele bilen var indhyllet i en tæt ugennemsigtig tåge fra røgen af morfars cigar.

"Århh… I er da også alle sammen efter mig. Hvad med at vise lidt hensyn? Jeg har glædet mig til den cigar!"

Til sidst måtte han køre ind til siden, så de kunne komme ud og kaste op i grøftekanten. En fin pause til lige at ryge den sidste stump. Var der noget så godt som frisk luft og en cigar?

"Det er da utroligt så mange biler der skal samme vej som os. Har I set det?", udbrød han forundret.

Næsten tredive biler susede forbi tæt efter hinanden. Flere af dem brugte hornet da de passerede. Morfar vinkede tilbage.

"Så mange var der ikke foran os. Faktisk slet ingen. Det var da pudsigt"

Storebæltsfærgen

"Færgen er i havn om få minutter. Bilisterne bedes indtage deres pladser og gå til vogndækket"

Storebæltsfærgen `Dronning Ingrid` sigtede mod færgelejets indsejling, med de store traktor dæk der skulle sikre at den ramte rigtig. Var den ude af kurs, fik passagererne et par hårde skub i begge retninger, inden den nåede sit mål og stod stille.

Cafeteriet var ved at blive affolket. Det havde været et kapløb med de andre bilister om at komme først og få en vinduesplads. Martin og Lone var sendt i forvejen i fuld løb for at spærre pladser. Mormor havde smurt madpakker, så de ikke skulle bruge penge i det dyre cafeteria. En kop kaffe kostede en formue. Til gengæld så smagte den ad Pommern til.

Skibet var ved at krænge over af ferierejsende i cafeteriet. Til gengæld sad der godt ti mennesker i restauranten, hvor flere af dem havde taget en ekstra pause ved indgangen, så alle kunne se at de gik der ind. Hvide duge og tjenere der serverede den samme udrikkelige kaffe til forhøjet pris.

"Færgen anløber havn om få minutter. Bilisterne bedes indtage deres pladser!!", lød det atter i højtalerne.

Sidedøren til vogndækket var trukket til side. Morfar havde spottet sin bil, men hvad var nu det?

I højre forside hang støddæmperen. Det kunne ikke være på grund af bagagen bag i bilen. Ikke godt da der var lang vej endnu. Heldigvis havde `Motorbladet` beskrevet hvordan man kunne teste støddæmperne. Et hurtigt tryk med hele sin vægt og den skulle springe op igen af sig selv. Det gjorde den ikke. Hele bilen vippede, men testen virkede ikke. Han prøvede igen med samme resultat. Gjorde man det rigtigt burde vognen i teorien hoppe. Det næste hjul ville heller ikke. Nu var han bekymret. Hele vejen rundt fik støddæmperne en tur, så bilen gyngede voldsomt til begge sider. Til sidst måtte han ved selvsyn en tur ned under fronten for at se til støddæmperne.

Hvad var nu det? Det var slet ikke hans nummerplade, hvem havde byttet den om? Hvordan kunne det gå til? Langsomt rejste han sig med en sort streg på næsen og kikkede hen over køleren.

Inde i bilen sad en vildt fremmed familie, godt gennemrystet og kikkede måbende ud på den mærkelige mand.

"Morfar!! Hvad laver du? Vores bil står herovre!!"

Klokkespillet på torvet i Goslar spillede hver time. De havde nu været i Harzen i en uge og boet i den gamle hyggelige bydel af Goslar. De havde været med svævebanen, i drypstenshuler og set Bloksbjerg i en kikkert, da den lå i østzonen. Det havde været en lang tur at nå frem og de havde overnattet på pension undervejs. I Lübeck havde de spist de største pølser, de nogensinde havde set. Morfar drak fadøl af kæmpekrus, mens resten fik kaffe og sodavand. På tankstationerne stod ungerne på tæer for at få et lokalstempel i hver deres børnepas, som morfar havde skaffet gennem FDM. Flotte stempler med store ørne der bredte deres vinger ud. Morfar havde hilst på flere fra fabrikken på Nørrebro og fået sig en snak om biler. Nikkede kun til daglig. Man skulle åbenbart bare tage på ferie for at møde arbejdskollegere og danskere.

Mormor havde forsøgt at spørge om vej, da de ikke kunne finde tilbage til pensionatet.

Hendes tyske sprog var ikke det bedste, da det ikke havde så stor interesse efter krigen. Så med fagter og armbevægelser havde hun prøvet at gøre sig forståelig overfor et ægtepar på gaden. Manden havde kikket på hende og rystet opgivende på hovedet.

"Det ved jeg kraftedme ikke. Aner ikke hvad kællingen snakker om - kom!", og så var han gået videre med sin kone.

Fra vinduet i pensionen kunne de følge et voldsomt uvejr i bjergene, med lynnedslag der oplyste himlen og efterfølgende tordenbrag.

Morfar havde lært dem, at hver gang de talte til tre mellem lyn og brag, så var lynnedslagene en kilometer væk. Så de skulle ikke være bange.

Hvis det ikke lige var fordi lynet i det samme slog ned et sted i baghaven med et tordenskrald og lysglimt der fik dem alle til at ligne lagenhvide spøgelser med silhuetter på væggene, og morfar der med opspilede øjne havde givet et hop og et skrig fra sig, ja - så havde de nok også troet på det.

Mange små oplevelser undervejs der samlet havde givet dem gode ferieminder.

Nord, syd, øst, vest Bryggen bedst.

Uddrag af bogen: Barn af Islands Brygge

Smækkende døre

Den store pige var flyttet hjemmefra og i lejlighed. 24 år med livet foran sig, Ture i byen med sine veninder på diskotek og vinbar. Sent hjem og sove ud til næste dag.

Midt om natten blev det nødvendigt med en tur på toilettet. Halvt søvndrukken i mørke dinglede hun ud i entreen, fandt håndtaget til toilettet, åbnede døren, vaklede ind og smækkede døren efter sig.

Lidt forvirret kikkede hun rundt og opdagede at lokummet manglede. Hun ikke var på toilettet.

Med et var hun lysvågen... hun stod ude på trappeopgangen i mørke, splitternøgen kun iført Chanell no.5.

Hoveddøren bag hende var smækket og låst.

Hendes første tanke var at finde lysknappen, men det var ikke en god ide, nu stod hun splitternøgen badet i lys de næste ti minutter.

Gode råd var dyre. Hun måtte banke på naboens dør og vække dem. Ingen reaktion men hvem er også vågen midt om natten.

Nu buldrede hun på døren og lidt efter blev lyset i entreen tændt.

"Hvem er det??" lød en bekymret stemme fra en mand.

"Det er naboen. Jeg har smækket mig ude!!" hviskede hun og forsøgte at dække sig.

Kæden på døren raslede og døren blev åbnet.

Stor var naboens overraskelse, da han opdagende at der stod en smuk ung nøgen kvinde uden for hans dør. Det var det han altid havde drømt om. Sidst en nøgen kvinde havde hamret på hans soveværelsesdør, var det fordi hun ville ud.

Men lykken varede kort. Bag ham dukkede konen op og der gik ikke mange sekunder før hun fik jaget ham i seng, selv om han slet ikke var træt mere.

Med et tæppe over sig fik hun en kop kaffe i stuen, mens de afventede en låsesmed.

***

Smækkende døre

Min nabo fik også låst sig ude ud af sit hus op til flere gange, når hun skulle ud med skraldespanden. Det skyldtes, at gennemtræk havde let ved at tage fat i døren og smække den i.

En dag skete det igen. Fortvivlet kom hun ind og bad om hjælp.

Denne gang havde hun en stor gryde i kog og en stegepande med brasende stegt flæsk. Gode råd var dyre.

Men som elektriker fandt jeg hurtigt deres udvendige stikkontakt i haven, stak en skruetrækker ned i jorden, bandt en løs ledning i den og stak den ind i kontakten.

Med det samme koblede HFI-relæet ud og afbrød alt strøm i huset. Komfuret slukkede. Problemet var løst. En time senere kom hendes mand hjem med en nøgle der passede i døren, og kunne genindkoble strømmen.

Fryseren kan holde et lille døgns tid hvis den ikke åbnes.

***

Min mors fætter led af en form for epilepsi i sin barndom og havde nogle kejtede bevægelser. Han havde ikke mange venner, men hans bedste eje var en fugl. En undulat han kunne snakke og lege med. Den fløj frit rundt i stuen.

En dag var det ved at gå galt. Køkkenvinduet stod åbent og fuglen fløj direkte fra stuen mod køkkendøren.

Han anede faren og med sine kejtede voldsomme bevægelser tog han fat i døren og knaldede den i med et brag. I sidste sekund.

I næstsidste sekund. Hovedet landede i gangen og kroppen i stuen. Nu fløj den i hvert fald ikke ud ad vinduet.

***

De unge

Vinterbadning på stranden sammen med de unge.

***

I teenageårene er der lukket af for sund fornuft, grundet ombygning

Blinklys

Blinklyset blev opfundet af en teenager foran forældrenes køleskab

***

”Nå… så du bor stadig hjemme hos mor og far. Hvor hyggeligt, så har du det jo som blommen i et æg”
”Ja - mellem to piskeris”

***

Unge mænd tænker kun på to ting….
Det andet er fodbold

Papfar

Gifter man sig til to teenagepiger, kan det være lidt af et kulturchok, når man kun har haft små drenge. Musikken drøner fra hvert sit værelse i hver sin takt. Der varmes op til lørdag aften i byen. Når den ene er i bad, sniger den anden sig ind og stjæler parfume og sminke. Jeg har sikret mig og låst min barbersprit ned. Hvis det bliver lidt for meget og man trænger til fred, kan man altid sætte sig ud til opvasken. Der kommer aldrig et øje.

Min nevøs 13 årige søn kom hjem fra skole. Han havde haft seksualundervisning om bierne og blomsternes forunderlige verden. Nærmere sagt om kvindens æg og mandens millioner af sædceller der svømmede mod livmoderen og blev til et barn.

"Far er det ikke fantastisk? Ud af alle dine millioner af sædceller, så blev det lige mig du fik. Jeg kom først!!"

Da hans var far i samme alder, havde han også lige haft seksualundervisning i skole.

"Far du har lovet at hjælpe mig med mine lektier"

"Det må vente, kan du ikke se at vi har gæster"

Det var hans grandtante der var på besøg med sin ven. De var begge omkring de 70 år. Hun en sirlig fin dame, og han en nydelig ældre herre.

"Hvordan går det i skolen min dreng?" spurgte tanten

"Fint!"

"Er det ikke noget, som jeg kan hjælpe dig med?"

"Jooeh det kan du måske godt…. Vi har lige haft seksualundervisning i klassen. Læreren sagde at gamle mennesker også boller… nåh ja, I er jo smaddergamle. Så kan jeg jo bare skrive en stil om jer…

Ivrigt gjorde han plads på sofabordet med sin kladdebog, tjekkede om blyanten virkede og kikkede forventningsfuld op. Klar til at tage notater.

"Hvordan er jeres sexliv??"

Tante var pludselig kommet i tanke om, at hun havde en vask over og måtte skynde sig hjem. Skarpt forfulgt af sin ven der havde lovet at hænge tøjet op.

Patrick

Min mor fik en god ide i sit foto atelier for at skaffe nye kunder. Hun lavede et sut-træ, hvor børn kunne aflevere deres sut og være med i en fotokonkurrence. Patrick var den første der afleverede sin sut med en `kold tyrker` og vi strippede hans sut fast på træet.

Vi hjalp min mor med flere andre praktiske ting i forretningen og kunne pludselig ikke finde Patrick. Ham fandt vi ved sut-træet, hvor han havde stået det sidste kvarters tid og gumlet løs på sin sut.

Da Patrick med sine forældre skulle ud og se på nyt hus, var ejendomsmægleren til stede. Den ældre dame på 73 år var blevet bedt om at gå en tur, mens huset blev vist frem.

Patrick var lige trådt ind ad døren.

"Jeg er sulten"

"Du kan ikke får noget at spise her" sagde mor

"Jeg er tørstig" fortsatte han lidt efter

"Du må altså vente til vi kommer hjem"

Lidt efter trådte den ældre dame ind. Hun var kommet lidt for tidligt. Patrick kikkede på hende med undren.

"Hvordan kan du dog bo her, der er hverken mad eller drikke"

Anden gang vi var i huset, havde vi købt det. Over en kop kaffe fik vi en sludder med sælgeren.

"Patrick, løb du ovenpå og se dit nye værelse"

Værelset var sælgerens soveværelse med en stor dobbeltseng.
Lidt efter kom han ned, lettere brødetynget og hviskede,

"Mor, jeg vil altså ikke sove sammen med den gamle dame"

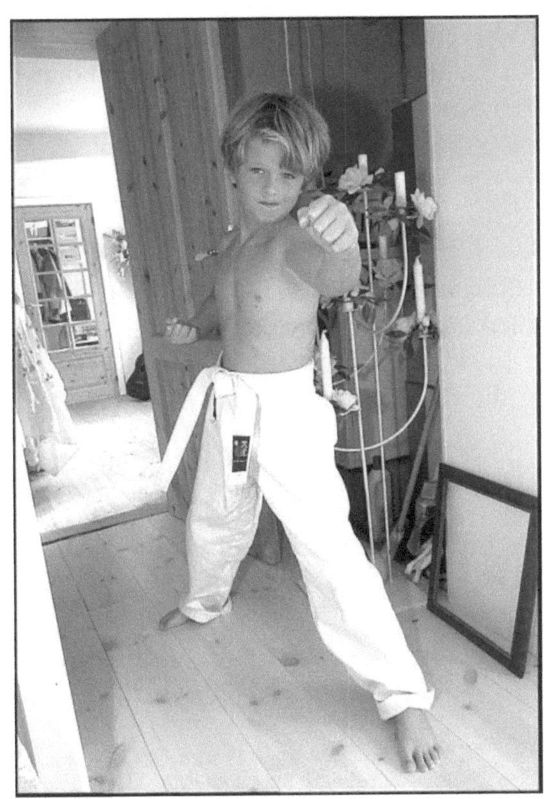

Kom bare an far! Jeg har ordnet fyre der var meget mindre
end både dig og mig.

Slik

Patricks meget ældre fætter havde giftet sig med en japansk pige, som han havde hjembragt efter en studietur til Japan. Hendes mor og far var ankommet til brylluppet. Moderen havde medbragt noget meget sødt japansk slik, som hun tilbød den lille dreng. Men han takkede nej, uanset hvor meget hun pressede på for at få ham til at smage.

"Hvorfor vil du ikke smage bare en lille bid?" prøvede far

"Nej…. for så kommer jeg bare til at tale lige som hende"

***

I skolen

Efter første skoledag kom Patrick hjem og fortalte om, hvad de havde talt om i skolen.

"Det er far der bestemmer. For hvis ikke manden bestemmer, så tager kvinden bare overherredømmet"

***

I stuen

Patrick legede vildt i stuen med sin kusine. En bold var involveret, og det varede ikke længe, før uheldet var ude. En stor bordlampe røg på gulvet med et brag og gik i tusind stykker. Et par flove børn måtte modtage en skideballe, men der var dog lyspunkter.

"Der skete da heldigvis ikke noget med pæren", konstaterede Patrick.

***

I badet

Jeg stod under bruseren i badeværelset da Patrick åbnede døren. Han stirrede på den nedre del af sin far og styrtede derefter ud i køkkenet.

"Mor! Mor! Vidste du godt, at far har en KÆÆMPE tissemand?"

***

Patrick spurgte en dag
"Far er jeg adopteret?"

"Nej - men det bliver du, hvis du ikke rydder op på dit værelse"

Hos købmanden

***

”Kan du hente nogle porrer til mor i den kasse derovre, Patrick”
”Det kan jeg da ikke mor, jeg er alt for lille”
”Vel er du ej. Du er en stor dreng nu. Gør det nu bare”
Efter et par minutter kom en mand hen til hende
”Er det din søn ?”
Hen over gulvet slæbte, masede og skubbede Patrick en stor kasse porrer hen til sin mor.

***

Min søster var taget til den lokale købmand med sin 3 årige datter. På vejen hjem gumlede pigen på noget. Hun havde hele munden fuld af vingummier.
”Hvor har du fået dem fra? Har du stjålet dem hos købmanden?” udbrød hendes mor forfærdet.
Pigen fik forklaret, med bål og brand, på alle mulige måder at man ikke måtte stjæle. Der indgik både politi og fængsel i den pædagogiske beretning og til sidst forstod hun omfanget af sin handling.
Et par dage senere var de tilbage i butikken. Døren var kun lige gået op da pigen fik øje på købmanden. Hun spænede over til ham og sagde:
”I dag stjæler min mor og mig ikke noget!”

Købmanden kikkede først på pigen, og derefter på moderen der stod i indgangsdøren uden mulighed for at forklare sig. Så drejede han rundt på hælene og forsvandt ud på lageret.

***

Naturfænomener

Jordskælv i Danmark 2008

Mail til min tante i Australien.

Hvis du ikke har hørt det, så havde vi et jordskælv den 16. december klokken 6,23 om morgenen. 4,2 på richtaskalaen

Jeg plejer at være oppe på den tid, da jeg altid står op præcis 6,15 hver dag, men Patrick skulle møde en time senere så det gjorde jeg også. Jeg vågnede ved en kraftig buldren og tænkte; Det var da utroligt at de skraldebiler kan tillade sig at holde motoren gående så tidligt om morgenen. Det hele rystede i en dyb brummen som hvis en meget stor lastbil holdt udenfor med motoren i gang. 5-10 sek. efter var det overstået og jeg sov videre.

Senere fandt jeg hurtigt ud af, at der havde været et jordskælv med centrum omkring Malmø i Sverige.

Det var lidt af en sensation der straks måtte vendes i TV avisen og dagspressen. Vi var her vidner til alvorlige ulykker, så som billeder der var faldet ned af væggene og sågar et juletræ der var væltet i Valby. Rædselsvækkende. Nå men nu er landet kommet på benene igen. Så oven på det store chok vil jeg ønske dig en glædelig jul.

Jordens undergang fredag d. 21. december 2012 klokken 22:12

Er jorden gået under? er der nogen der kan høre mig ???? Halloooo!!

6. februar 2016 - Meteor over Ejby Glostrup

Meteor bryder gennem atmosfæren, lyser himlen op fra Vesterhavet til Sjælland hvor meteoritter falder ned i Ejby, Herlev, Glostrup og Vanløse. Jeg sad lørdag aften på kontoret i udhuset, da der lød en rumlen efterfulgt af et stort brag langt væk. Det lød som torden eller en bombe i det fjerne. Min tanke var, at to biler måske var braget sammen på ringvejen eller motorvejen. I så fald ville det blive fulgt op af sirener fra politi og ambulancer. Men der skete ikke mere. Næste dag fandt en familie i Ejby en 56 gr. Sten uden for deres hus på flisegangen. Dagen efter fandt en murer et stort nedslag på en parkeringsplads i Herlev. En meteorit der var landet med 2-300 km/t. Til alt held ingen ramt.

Meteoritter er 14½ milliarder år gamle og stammer fra "The Big Bang". Den gang vores solsystem opstod.

Spøgelser

I en kort periode af mit liv opstod der spøgelsesagtige tilstande, antagelig fremkaldt af et voldsom stress, da det efterfølgende forsvandt af sig selv igen.

Det startede med, at jeg stod på toilettet og vaskede hænder ved håndvasken, lige efter vi var flyttet ind i vores nye hus. Pludselig lød der et rabalder af knust porcelæn, der de næste fem sekunder spredtes ud over klinkegulvet.

Jeg fulgte skårene med øjnene i flere sekunder, men der var ikke det mindste at se. Et stort brag og derefter stilhed. Senere fandt jeg i en affaldsbunke i haven, en 1-meter lang knust porcelænsafdækning til vaskens afløb, der svarede nøjagtig til det, jeg havde oplevet. Den lå der fra den tidligere ejer"

En dag lå jeg og hvilede mig, da der lød et kæmpe rabalder i køkkenet. Tallerkenrækken med seks dyre tallerkner faldt ned, men da jeg kom der ud, hang de på deres plads.

Mellem himmel og jord

I sommerferien var vi i Østrig. Dybt nede i bjerget, i saltminerne, hvor vi lige havde fået beskrevet af guiden, at mange minearbejdere gennem tiden var omkommet, når minegangene til tider faldt sammen. Jeg løftede Patrick op fra gulvet, så han kunne se over skulderen, og pludselig udbrød han med stor begejstring og pegede.

"Se far, der går et spøgelse!"

Der var ingenting overhovedet. Vi så først på hinanden og derefter på ham, mens gåsehuden prikkede i armen. Med rolige store blå øjne fulgte han det usynlige fænomen der passerede, mens vi kun kikkede på ham. Han måtte vride sig i sin fars arme og hænge ud på siden, for at se uden om sin mor der stod i vejen. Derefter kikkede han på os og sagde: "Jeg er sulten"

Spøgelser

Mellem himmel og loft

"Mor jeg kan altså ikke sove for de mennesker, der går rundt oppe på loftet og snakker" Den mindste pige kom søvndrukken ind søndag morgen, og en let gysen gik gennem mig.

"Det skal du ikke tænke på, jeg skal nok snakke med dem" sagde jeg.

"Okay" sagde hun, og trissede ind på sit værelse. Andet lagde hun ikke i det. Huset havde ingen førstesal og kun en loftlem op til al rockwoolen.

Mellem himmel og kælder

"Hvad var det?" De to piger stirrede på hinanden.

"Er der andre hjemme i huset end os?", spurgte veninden, mens gåsehuden på armen begyndte at prikke i huden.

Hun rystede på hovedet. Pigekammeret i kælderen var det eneste beboelige værelse bag ved vaskekælderen, og de var alene hjemme. Resten af huset ovenpå lå stille hen i mørke, kun en lysstråle fra toilettet, hvor de havde glemt at slukke lyset, sendte en stribe ud i den mørke entre. Gennem larmen fra højtalerne kunne begge høre et øredøvende brag fra køkkenet ovenpå, efterfulgt af koste og spande der væltede ud af skabet.

"Er det rigtigt, at I har spøgelser i huset?" spurgte veninden, og fortrød med det samme sit spørgsmål. Gyset jog gennem dem begge. Der var sket mystiske ting i huset, siden de var flyttet ind, og sladderen fik hurtigt ben at gå på. Små uforklarlige hændelser blev til ægte spøgelseshistorier.

"Det var fra køkkenet ... kosteskabet" hun vendte sig mod døren, og åbnede forsigtigt ud til den mørke vaskekælder.

"Du må ikke gå der op.." men hun var på vej, og veninden skulle ikke nyde noget af at være alene.

Med bankende hjerter og en fluesmækker i hånden til at forsvare sig med, tændte de alt lyset i kælderen og listede op ad trappen.

Spøgelser

"Er her nogen?" lød et par skræmte pigestemmer, men der var ikke nogen, og kort efter havde de tændt alt hvad der var af lys.

"Ingenting.." lød det lettet fra den ene. Den anden gik ud i køkkenet.

"Heller ikke noget her" Hun åbnede kosteskabet. "Hvor er det klamt..!" strygebræt, støvsuger og koste stod stadig i skabet, og der var ikke det mindste, der vidnede om det, de havde hørt.

"Du hørte det da også….ikke?" veninden nikkede.

"Jeg hørte tydeligt, både koste og spande der væltede. Hvordan kunne vi overhovedet høre det helt nede i kælderen med musikken tændt?"

"Det er nok bare vores husspøgelse, der holder forårsrengøring" lo hun, og veninden slog en befriende latter op. Begge lo og åndede lettet op.

"Puha hvor blev jeg forskrækket, hvordan tør du sove alene nede i den kælder" sagde veninden og tog fat i kælderdøren. Da hun åbnede døren, var alt lys i kælderen slukket.

Klokken var nærmere ti end ni, da bilen vendte hjem om aftenen og kørte i garagen. Udenfor på trappestenen sad to frysende teenagere og røg hver deres smøg nummer fire.

Den gyngende lampe

I de tre store vinduer i stuen, havde jeg hængt tre små halogenlamper ned over hver sin potteplante.

Pludselig en morgen begyndte den ene lampe at svinge fra side til side. En centimeter fra ruden og som et pendul, svingede den en halv meter ud i hver side. Tæt på vinduet.

Alle vinduer lukket. Radiatoren slukket. Intet der kunne påvirke den. Nøjagtig lige meget til hver side, fejede lysstrålen hen over vindueskarmen uden at aftage i fart.

De studerede fænomenet og lod den svinge. Efter en time besluttede Jeg mig for at prøve at stoppe den, og derefter sætte den i gang igen. Men det kunne ikke lade sig gøre. Lige meget hvor meget jeg forsøgte gik den i stå igen.

Spøgelser

Det var som regel om morgenen, eller når de kom hjem efter arbejde, at lampen svingede lystigt.

"Forresten - så svinger lampen igen" sagde den mindste af pigerne, mens hun smurte sig en håndmad. Jeg kastede et blik ind i stuen og ganske rigtigt. Der hang den lette lampe og gyngede frem og tilbage ganske ubesværet.

"Hvor mange gange har den efterhånden gjort det?" spurgte jeg. Hun trak uinteresseret på skuldrene "mange" var svaret, da hun forvandt ind til det permanent tændte fjernsyn på værelset.

Jeg fandt mit videokamera frem, og placerede det på pejsen med et nyt bånd i. Så satte jeg det i gang og tænkte ikke mere over det. Efter et par timer fangede lampen igen min opmærksomhed, og jeg prøvede at stoppe den. Jeg tjekkede, at der ikke var nogen form for træk eller varmebølger og satte den i gang igen, men den gik hele tiden i stå, og slukkede derefter for videooptageren.

***

Spøgelser

Mellem himmel og Jylland

"Hvor er her dejligt" udbrød min kone.

Huset, der lå på heden, var ikke et helt almindeligt sommerhus, da det havde to etager. Vi havde lånt det af en velmenende grandkusine, der havde stillet det til rådighed for os og de to drenge. Vi kunne bare benytte det uden at lave en aftale først.

"Far skyd den tilbage!!"

Anders havde allerede fundet en fodbold frem, og driblede rundt i klitterne. Han virkede glad og ubekymret. Jeg sugede den friske vesterhavsluft ind og nød stilheden. Nøglen lå, hvor det var aftalt, og huset var ingen skuffelse. Nyrenoveret efter grandtantens død for en del år tilbage, hvor hun var fundet død på en slagbænk i køkkenet efter et hjerteslag. Der havde hun siddet lænet op ad væggen et par dage, før hun blev fundet.

Jeg forsøgte at fremkalde hendes udseende. Godt halvfjers år gammel rynket med lidt udstående øjne. Jeg havde selv været med til begravelsen. En lidt skrap dame der altid sagde sin mening, men jeg kunne godt lide hende. Da de var små, kom der altid en julepakke fra hende, stilet til den enlige mor med tre børn. Hans fætter havde en gang frarådet ham at låne huset.

"Det spøger der ude på heden" havde han sagt med opspilede øjne, for at berolige ham.

"Lækkert køkken" konen var ved at pakke bleer og sutteflasker ud, mens jeg tog en runde i huset. Førstesalen havde to værelser med en dør imellem. I det ene en stor dobbeltseng og i det andet en enkeltseng på tværs af rummet.

"Her vil jeg sove!" råbte Anders og kastede sin op i sengen.

Jeg konstaterede, at man fra dobbeltsengen lige kunne se enden af sengen, hvor Anders sov. Jeg kunne gode lide, at han var i nærheden hele tiden. Da vi nåede køkkenet, faldt blikket på slagbænken, hvor min gamle tante døde. Jeg sagde ikke noget. Der var ingen grund til at gøre de andre urolige, de havde haft nok

Spøgelser

spøgeri derhjemme.

Klapsengen til den lille blev slået op ved siden af dobbeltsengen. Solnedgangen var fantastisk. Himlen skiftede lys i alle kelvingradernes farver, der spejlede sig nedefra på himlens skyer og videre til havoverfladen, før solen forsvandt i Vesterhavet. Hvilken velsignet fred. Ikke en vind, ikke en lyd. En hare kom hoppende tyve meter fra ham, den noterede ham og sprang uforstyrret videre.

"Hvem har hængt et sort gardin op foran døren?" Jeg trådte et skridt tilbage. De havde aftalt at gå en aftentur, men da de åbnede døren, var der en sort mur af ingenting. Det var blevet mørkt, rigtigt mørkt.

"Nåee..- ja det mørke Jylland" tænkte jeg.

Uden en lygte var det umuligt at se mere end to meter frem, så det opgav de, og efter et slag Ludo gik de i seng.

"Døren skal stå på klem far," sagde Anders efter hans far havde puttet ham og kysset godnat.

De slukkede lyset, og det blev mørkt.

Jeg lå og kikkede op i loftet. Det var sådan set lige meget, om jeg lukkede øjnene eller havde dem åbne. Man kunne ikke se noget, og lidt efter sov jeg.

Om det var drømmen eller en lyd der fik mig til at vågne, vidste jeg ikke, men en svag lysstribe fra trappen tegnede en streg på loftet. Et gys jog gennem mig. For før var der jo helt mørkt. Min fætters ord stod pludselig skarpt for mig, her hvor de lå alene helt ude på heden. Forsigtigt satte jeg mig op på albuen, og konstaterede, at klokken var 02:32. Vi havde sovet et par timer.

Døren til Anders stod stadig på klem med en sprække. Det svage lys kom nedefra.

Måske havde vi glemt at slukke lyset på badeværelset, men så havde jeg jo set det tidligere.

Spøgelser

Jeg tog en dyb indånding og rejste mig langsomt fra sengen. Den lille sov uforstyrret i klapsengen. Trappen knirkede, da jeg på bare fødder forsigtigt trådte ned med et trin ad gangen.

Lyset kom ikke fra badeværelset, men bag ved stuen. Det kom fra køkkenet. Jeg mærkede en kulde snige sig ind på mig, da jeg nærmede mig køkkenet. Hvorfor lige køkkenet? Det var jo der min tante døde ene og forladt, uden at hun kunne kalde på hjælp.

Hjertet bankede hårdt og uregelmæssigt.

Hvis min gamle tante sad i køkkenet, så var jeg sikker på at få et hjerteslag.

"Er her nogen?" spurgte jeg forsigtigt, men min egen stemme gav mig blot kuldegysninger i stilheden, og jeg spurgte ikke mere.

Med bankende hjerte nærmede jeg mig lyset, og efter en dyb indånding trådte jeg frem og kikkede ud i køkkenet.

Chokket lagde sig langsomt. Køleskabet stod på vid gab. Det var gået op af sig selv. Lettelsen bredte sig i kroppen. Det måtte konstateres, at jeg vist nok var lidt af en tøsedreng, men det var der jo ikke nogen, der behøvede at få at vide.

Blikket faldt over på slagbænken og låste sig fast. Jeg forestillede mig et kort øjeblik min tante siddende i den, død med åbne øjne stirrende på mig. Han mindedes kort den uhyggelige tanke, hvor hans søster havde fortalt om ånder, der kunne stirre direkte på ham, mens han skubbede køleskabsdøren i med hånden, så den selv smækkede.

I samme sekund blev der kulsort, og jeg befandt mig i buldermørke med blikket mod bænken. En isnende kulde overmandede mig, med et jagende gys. Jeg fik gåsehud over hele kroppen, der sagtens kunne anvendes som groft sandpapir, mens jeg nærmest i panik forsøgte at finde døren til køleskabet.

Kunne ikke finde håndtaget. Fik fat i noget blødt tøj og slap skyndsomt, da tanken et kort øjeblik faldt på min tantes blomstrede forklæde.

Spøgelser

Nu fandt jeg håndtaget og flåede døren op.

Lyset tændte igen. Jeg var alene. På gulvet lå det viskestykke, jeg havde grebet fat i.

Tilbage i sengen faldt roen over mig, men jeg lå helt stiv og lysvågen. Hver en lille knirken i træværket havde min opmærksomhed. Jeg havde ladet lyset brænde på toilettet, så der ikke var helt mørkt. Nu var jeg også blevet mørkeræd.

Det var lige det, jeg mente med, at jeg ikke ville have besøg af ånder. En indbrudstyv kunne man forholde sig til, men ikke det andet. Det ville have skræmt livet af mig, hvis hun havde siddet der nede og stirret på ham. Heldigvis var jeg nu sikker på, at køleskabet ikke havde været lukket ordentligt og var gået op af sig selv. Måske. Jeg syntes, at der var noget, der havde rørt ved mig, men det var sikkert bare mig selv, der havde famlet rundt i mørket, og hvor kom den isnende kulde fra? Nåå – ja køleskabet selvfølgelig.

Med sidst blik på uret var klokken tre. Jeg sov. Stilheden lagde sig over huset.

En spirende rød streg i øst røbede, at en ny dag var på vej.

Den nærmeste nabo lå nok en kilometer væk på heden. Små skovbeplantninger isolerede dem helt fra omgivelserne. I det fjerne kunne de skimte havet. Det var en ualmindelig vindstille kulsort sommernat med et sjældent blikstille hav.

På førstesalen i huset sov gæsterne fra København.

Pludselig flækkedes stilheden af et gevaldigt brag. Døren mellem værelserne røg op og hamrede ind i væggen, hvorefter den stod åben.

Jeg sad oppe på et splitsekund. Min kone lige efter.

"Hvad skete der? Hvad er klokken?" spurgte hun forvirret.

"Anders er det dig?" Jeg kaldte bekymret ind i det mørke værelse, men fik ikke noget svar.

Jeg kaldte igen. Der var kun et ganske svagt modlys i vinduet fra den spæde solopgang.

Spøgelser

Som en mørk silhuet løftede drengen sig op på albuen, og så ind til dem. De kunne ikke se ham i modlyset, kun hovedet der strakte hals og kikkede på dem.

"Anders! Hvad lavede du? Hvad skete der?" men der kom stadig intet svar.

"Anders sover du?" spurgte min kone.

Jeg rejste mig, og mens jeg gik hen mod det mørke værelset, lagde drengen sig stille ned igen.

"Hvad skete der?" gentog jeg og famlede efter lyskontakten, men stivnede i det samme øjeblik jeg tændte for lyset.

Drengen lå i en dyb søvn, men sov med hovedet i den modsatte ende af sengen dybt begravet i dynen. Det kunne umuligt have været hans hoved i benenden der havde kikket på dem.

Det blev en meget kort ferie ved Vesterhavet.

***

Den lille have

Da den store datter var lille, havde hun et ældre ægtepar som naboer i en kolonihave. Manden havde nogle søm liggende, som hun havde taget til sig og plantet på en stribe, i en lille have hun selv havde lavet. Nu gik hun og vandede dem som var det blomster. Den ældre mand havde luret hende, så næste weekend, da de vendte tilbage, havde han udskiftet dem med store 7" tommer søm.

Stor var hendes jubel og begejstring, da hun opdagede, at de var vokset.

***

Mellem himmel og hav

Skoleskibet "København"

Som barn boede min morfars meget yngre halvsøster i Ny Kongensgade 14, indre København. De boede på 1. sal. Hvis man lænede sig ud ad vinduet og kikkede til venstre, kunne man se lige ned til Christiansborg. Lænede man sig længere ud, så faldt man ned. I stuen boede en bager der hed Vang. De havde også et kuld børn. En af dem hed Knud og var søkadet.

En nat i 1928 vågnede Bodil ved en farlig larm, gråd og buldren på døren. Da de åbnede, stod fru Vang udenfor helt ude af den og græd. Hun havde i syner set sin søn svømme rundt i høje bølger, klamrende til noget tømmer og råbe på sin mor.

Knud Vang var med på skoleskibet "København" der sporløs gik ned med mand og mus i 1928. Ingen vidste hvornår og hvor.

Hvis man tror på telepati, ville man den aften havde vidst hvornår det skete.

Bodils nye lillebror blev døbt Knud efter ham.

Bodil dør på plejehjemmet 92 år gammel. Hun har skiftevis været klar og andre gange fjern. Kunne pludselig spørge

- Hvorfor har man sat mig her, det sner jo?

– Hvor sidder du Bodil? så flakker blikket og man kan se, at hun tænker med en stor rynke i panden.

– Jeg sidder da lige over for Tivoli, skal I i Tivoli?

– Nej Bodil, fryser du?

– Nej, men hvem er alle de mennesker der står omkring mig? Der kommer en med en violin, siger hun og følger manden med de blinde øjne. Jeg lægger min hånd på hendes arm, og hun trækker den forskrækket til sig

– Han rørte ved mig!

- Alle de mennesker der står rundt om dig, er det nogen du kender?

Vi sidder alene sammen i hendes værelse på plejehjemmet. Hun lader blikket løbe rundt

– Nej jeg kender ikke nogen…. jo måske, jeg synes, at jeg så din mor (min mor der døde for et par år siden) – hvorfor har de dog sat mig i denne vogn og så bare forladt mig? der kommer flere og flere mennesker, og de står bare og kikker på mig. Fremmede mennesker!

- Siger du, at du sidder i en bil?

Lang tænkepause, – ja jeg sidder i en vogn lige over for Tivoli.

- Hvad er det for en vogn? spørger jeg.

- Ahhh… det ved du godt, siger hun

- Nej det ved jeg ikke, hun kikker ned i skødet og gentager,

- Det ved du godt.

- Nej Bodil det ved jeg ikke, hvad er det for en vogn? hun hæver blikket.

- Det er da en rustvogn.

Jeg kom i tanke om en tilsvarende oplevelse hos en gammel dame jeg havde besøgt i Næstved under min militærtjeneste på Gardehusarkasernen.

Hun var halvfems år gammel og boede op ad kirkegården. Fra hendes stuevindue på første sal var der udsigt over de mange gravsteder. Trods den lidt `døde` udsigt var det en almindelig toværelses lejlighed med et stort spisebord midt i stuen.

"Tag et stykke kage mere" sagde hun og hældte kaffe op.

Hun var næsten blind, og anstrengte sig med sammenknebne øjne om at ramme koppen. Hun havde boet i Toksværd, med sin nu afdøde mand der havde været landpostbud. De var tidligere venner med mine bedsteforældre og vi var kommet der som børn.

"Du skal ikke tage dig af de andre. De er bare kommet for at hente mig, men de må vente", sagde hun. Jeg kikkede sig lidt forvirret rundt. Der var ikke andre i stuen.

"Hvem mener du?"

Hun løftede langsomt hovedet med sine tågede nærmest hvide øjne, og kikkede rundt.

"Kan du ikke se dem? De står hele vejen rundt om spisebordet og venter på, at jeg skal dø" Jeg lod blikket løbe rundt en ekstra gang i den tomme stue og tænkte, at jeg aldrig skulle have en lejlighed op ad en kirkegård.

Kort efter tog de hende med sig.

Spil og leg

Den talende støvle

”Hvad laver i?” Det var moster der stak hovedet ind.

”Leger”, lød det uddybende svar fra børnene.

”Må jeg være med?”, spurgte hun og trådte ind.

”Jaaa.. ” råbte de små, og sprang op med stor forventning. Endelig en voksen der gad lege.

”Hvad skal vi lege?”

”Kender I den her?”, moster stillede sig i døråbningen og pressede bagsiden af håndfladerne mod dørkarmene. Med stor anstrengelse trykkede hun alt hvad hun kunne. Slappede af og trådte frem. Nu røg armene op af sig selv uden hjælp.

”Jeg vil også prøve”, råbte Lone og sprang op. ”Osse mig..!” Der blev trængsel i døråbningen.

”Rolig unger. I når det nok alle sammen”

”Jeg har også en støvle der kan tale”

”Det passer ikke”, råbte Poul for at overdøve de andre.

Børnene stoppede op og lyttede, undtagen Lone, hendes arme var på vej op fra dørkarmen.

”Jo den kan. Nu går jeg udenfor og henter den. I mellemtiden gemmer en af jer denne bold på ryggen. Så fortæller støvlen mig, hvem der har den”

”En støvle kan ikke tale, vel?” Anne hev hende i kjolen for at få opmærksomhed.

” Sæt jer ned og gem bolden. Så kommer jeg tilbage om lidt”

Da moster lidt efter vendte tilbage med en støvle i hånden, sad seks forventningsfulde børn på række i divaen. Anne dirrede af spænding. Hun vidste godt, hvem der havde bolden, og var lige ved at tisse i bukserne.

”Hmm.. en af jer har bolden, men hvem?” Moster lod blikket løbe søgende hen over børnene. Hun gik hen til den første. Satte sig på hug og slog støvlehælen tre gange i gulvet. Derefter tog hun den op til øret og lyttede. Hun rystede på hovedet.

”Støvlen siger, at du har den ikke”, store øjne fulgte hende videre.

Støvlen svarede igen, at de næste to heller ikke havde bolden.

Nu sad hun foran Anne. Bankede tre gange i gulvet og lyttede. Anne sad helt stille med opspilede øjne.

"Støvlen siger, at du har bolden"

Ganske rigtigt tog hun bolden frem og viste den.

"Igen! Igen!", råbte de i kor.

Efter tre gange fandt moster hver gang frem, til den der havde bolden. Til sidst blev hun ført ud i køkkenet af to stærke mænd på fem år og døren lukket, så hun med sikkerhed ikke kunne snyde sig til, hvem der gemte bolden.

Hun gættede det igen. Støvlen kunne virkelig tale.

Hvad de ikke vidste var, at hun havde lavet en aftale med mig om at krydse benene, når hun spurgte den der havde bolden.

Uddrag af bogen: Barn af Islands Brygge

Kort - Billedlotteri

Jeg lærte som barn i børnehaven i 50èrne , en anden form for billedlotteri med spillekort. Man bruger to sæt spillekort. Det første deler man ud blandt spillerne til de har lige mange hver. Feks 6-8 kort afhængig af hvor mange der er med.

Af det andet sæt spillekort lægges ca. 6 kort på hovedet midt på bordet. Oven på kortene lægger man præmiegaver fra små til store.

Feks. En karamel på den første, et stykke Pernille-chokolade på det næste kort osv. Til det slutter med en kæmpe præmie på det sidste vendekort.   De resterende kort råber man så op af, et for et, som et billedlotteri, hvor spillerne vender deres kort frem til alle kortene er råbt op.

Nu sidder forskellige spillerne med 8 kort der ikke er vendt og præmieuddelingen kan starte. "Hvem har dette kort" først vendes kortet med karamellen og frem til spændingsudløsningen med den store præmie.

Præmiestørrelsen kan man selv bestemme.

Standing Banko

En nem måde at spille Banko på. I stedet for en masse brikker der skal lægges, får hver spiller en banko-plade udleveret. 15 numre ud af 90.

Alle spillerne rejser sig op. Der råbes nu tal op som i et almindeligt Banko, og hvis en spiller har nummeret på sin plade, så sætter man sig ned. Dem der står op siger "Nejjj hvor var det ærgerligt!!"

Den sidste der står op har vundet.   *Ved evt. uafgjort lægges alle numre tilbage og man fortsætter til en af dem har vundet.*

Krig

Hvor på skalaen befinder vi os ???

Fred bringer næring
Næring bringer rigdom
Rigdom bringer hovmod
Hovmod bringer strid
Strid krig
Krig armod
Armod ydmyghed;
Ydmyghed bringer fred

Karel van Mander
1579-1623

Christian 4.s hofmaler

af Karel van Mander   Rosenborg Slot

Krig

Novelle

Den kolde krig

"Ich bin ein Berliner", havde Kennedy sagt i 1963 under en tale i Vestberlin efter cubakrisen, og derved beroliget befolkningen om at USA stod bag dem, efter der i 1961 blev bygget en 45 km lange Berlinmur, for at forhindre folkeflugten fra øst til vest. Khrusjtjov havde forlangt det og muren blev rejst fra dag til dag den 12 og 13. august i 1961.

Den kolde krig var nu en realitet. Øst og vest oprustede med atomraketter på begge sider.

Døden var fremmed for Martin og hans søskende. De levede en tryg og beskyttet hverdag, uden tanke for at der kunne ske dem noget som helst. Uvidende om de atomraketter i det fjerne, der konstant og afventende, pegede direkte på dem, med en meget kort lunte. En enkelt lille militær fejltagelse kunne udløse ragnarok, mens solen skinnede på legepladsen i Gunløgsgade, hvor de spillede bold og alle var glade. Der havde dog været en episode, som Martin havde tænkt over siden.

"Kom hen og sæt jer børn", havde hans mor sagt, mens hun bekymret sad og så fjernsyn.

"Hvad er der mor?", spurgte Lone, mens de satte sig ved siden af hende. På den lille 14" sort/hvid skærm kunne de se nogle skibe sejle ved siden af hinanden. En mand holdt tale, og de kikkede længe på det sammen. Pludselig drejede alle skibene og sejlede den anden vej.

Deres mor var blevet glad, knugede dem en for en, og lo lettet mens hun tørrede sine øjne. Børnene forstod ikke en lyd.

"Må vi godt lege igen mor? Vi er altså i gang med noget vigtigt?" Det måtte de.

Mange år senere var det gået op for Martin, at verden lige netop den oktoberdag i 1962 havde været på randen af en atomkrig. Sovjetunionen var ved at placere atomraketter på Cuba, og Kennedy havde truet med krig, hvis de russiske fragtskibe

Krig

passerede en bestemt grænse. På tredje sal i en lille lejlighed på Amager, sad en bange enlig mor alene med sine børn, og ventede på det ragnarok, der kunne udslette dem de næste timer. Alene med sin angst, mens hun bredte sine beskyttende vinger ud over sine børn mod virkelighedens verden. De skulle føle sig trygge til det sidste. Med en stille gysen tænkte han tilbage på, hvor tæt verden havde været på en atomkrig, inden for få timer, mens de blot legede videre.

Atombomben

Den kolde krigs tid var en kendsgerning. Den skarpt optrukne streg mellem øst og vest i form af Berlinmuren understregede, at det utænkelige kunne ske uden varsel. Russiske divisioner med alt sit atomare isenkram i ryggen opmarcheret med bajonetterne pegende mod Europa og dets allierede i Nato. Levede børnene i lykkelig uvished, så var det anderledes med de voksne. Frygten for et atomangreb lurede lige under overfladen hver eneste dag. Hvornår ville dommedagsbraget komme? Hvornår var der en der lavede en fejl? Hvornår ville dominobrikkerne begynde at vælte?

En septemberdag, i en forstad til København blev skrækken pludselig til virkelighed. Jorden rystedes af en kæmpe eksplosion, hvorefter der steg en paddehattesky mod himlen. Vinduer blæste ud, tage løftede sig og det regnede med tagsten. Al kommunikation var væk for en stund, og ingen kunne det næste stykke tid med sikkerhed sige, hvad der var sket. Folk var rædselsslagne.

Hvorfor skulle lørdagene være så kedelige? tænkte jeg, hankede op i skoletasken og åbnede døren til trappen. Det var lørdag så kun en halv skoledag, og senere skulle de til dans. Kedeligt.

Pludselig rystede det hele, efterfulgt af et dumpt brag i det fjerne. Kopperne klirrede i køkkenskabene og billederne på væggen vippede. Et egentlig brag var det ikke, nærmest som en stor pæl der blev banket ned i jorden.

Krig

"Hvad var det mor?", spurgte Lone.

"Det lød fuldstændig som en bombe under krigen"

På få sekunder stod atomtruslen stift malet i hendes øjne. Mere skulle der ikke til.

"Så er atombomben faldet", nåede hun lige at tænke, mens verden stod stille. "Nu sker det, åh gud nu sker det"

Men det var ikke russerne denne gang.

Lørdag d. 26. september 1964 klokken 9:36 sprang Valby Gasværk i luften. Vinduer blev blæst ud i hele området. Tage løftede sig og faldt ned igen. Det regnede med teglsten. 120.000 liter gas røg i luften i en ildsøjle, der efterlod en paddehattesky som en atombombe.

Det hele skyldtes en menneskelig fejl på gasværket. En ventil skulle smøres i måler- og pumpehusets kælder. To smede afmonterede ventildækslerne for at komme til ventilen og gik derefter til kaffepause. Gassen sivede ud, og i forbindelse med luften dannedes der knaldgas. En enkelt lille gnist var nok. Hvordan gassen blev antændt var uvist, men brændende dele fra eksplosionen i målerhuset antændte de to store gasbeholdere.

Fem mennesker døde. To smede, en fyrpasser og en skolelærer der tilfældigvis cyklede fordi på Vigerslevs Alle. En gammel mand døde af chok i en bagerforretning. Ikke et hus i Valby havde et helt vindue. Vigerslev Kirke havde mistet sit tag. Ved gennemgang af ruinerne fandt man 40 mennesker der lå kvæstede i deres lejligheder. En dame var blevet suget ud af vinduet i sit køkken på første sal, men havde overlevet faldet. Ud af næsten 180 sårede var kun de 14 alvorlige. Ud over ambulancer kørte taxaer og privatbilerne ad Valby Langgade med hvidt stof på bilerne der symboliserede katastrofekørsel af de sårede til de nærmeste hospitaler. Der var skader for 35 millioner kroner.

Driftbestyrer for gasværket blev fundet ansvarlig for overtrædelse af arbejderbeskyttelsesloven, og idømt en bøde på 500 kr.

Dansen i Valby var aflyst den lørdag.

Hippier 1967

"Skal du have et par på skrinet?"

Manden kikkede forskrækket på den langhårede ungersvend der havde rejst sig fra Storkespringvandet på Strøget. Hans kone trak ham væk fra flokken af unge mennesker, der havde slået sig ned.

"Kom" sagde hun, "det er `Provoerne`" og hev af sted med ham. Han lod sig redde af sin kone. "Provoerne" tænkte han, mens hjertet ikke rigtigt ville falde til ro over den pludselige konfrontation. Han havde godt nok hørt om dem i fjernsynet og aviserne i forbindelse med prinsesse Margrethes bryllup i Holmens Kirke. Flokke af langhårede unge der først havde fulgt Beatlesmoden med pagehår, hvorefter håret var blevet ved med at vokse og iført en ulden sweater og et par cowboybukser, var de nu tidens oprør mod borgerskabet.

Da Martin flyttede fra Bryggen sidst i tresserne, voksede hippierne frem i kølvandet af provoerne fra Storkespringvandet på Strøget. De slog sig ned på Christiania og i kollektiver, hvor man sammen vendte bollerne og bollede vennerne. På gader og veje kom de gående i flokke. I store frakker med langt hår og pandebånd.
- Peace – fred på jorden, lød budskabet, mens to fingre blev holdt op i et v-tegn.
Der var andre grupper og hvis man bare havde et par cowboybukser, en tunet knallert og en læderjakke, signalerede man at man var rocker. De hilste gerne tilbage med en enkelt omvendt finger.

Da Martin var flyttet til Ballerup med resten af familien, ramte en ny bølge fra USA Europa. I San Francisco var der startet en fredsbevægelse mod Vietnamkrigen. Hippiebevægelsen bredte sig fra staterne til Europa, til København og videre ud ad

Hippier

Frederikssundsvej, hvor den så ramte Ballerup. Provoerne havde ikke helt vidst, hvor de skulle placere deres utilfredshed, men nu kunne de gennem hashtågerne se det hele klart. Peace, v-tegnet. Fred på jorden. Alle skulle elske hinanden som blomsterbørn og det gjorde de så.

Påskeklokkerne havde lydt på vej over til hans mor. Hyggelige toner fra Ballerup Kirke lagde sig som et beskyttende tæppe over hele byen. Han huskede det fra sin barndom, mens han hentede morgenbrød hos bageren på Islands Brygge, og der blev ringet til gudstjeneste i Hans Tausens Kirke.

Lone havde taget Jacob med til påskefrokosten, der med et overbærende smil lige måtte fortælle Martin om soldaterne i Vietnam, der skød kvinder og børn.

"Hold nu din kæft Jacob" hviskede han og trykkede hans hånd "..ellers kommer jeg efter dig med min bajonet og stikker den op i rø… ja, men goddag moster. Det var da hyggeligt, at du også kunne komme" Jacob var selvfølgelig militærnægter, og mente at man kunne redde verden med fredelige midler og dialog. At hans mund aldrig stod stille, og samtidig var provokerende, havde frembragt en oplevelse, som Martin nødigt ville være gået glip af. Lone havde mødt Jacob, der var overbevist fredsaktivist og hippie. Iført pandebånd og v-tegn bankede han på døren hos den borgerlige familie i Ballerup, og startede sin prædiken om fred og kærlighed på jord.

"Hvis vi alle elsker hinanden, vil Sovjetunionen og USA en skønne dag falde hinanden om halsen og slutte fred. Atomraketter skrottes og Berlin-muren vil blive revet ned. Den kolde krig vil være slut." Da han begyndte med, at Martin skulle smide sit gevær og blive militærnægter, var han skredet. "Urealistisk pladder og vatnisser" tænkte han. Lone var faldet pladask for Jacob, og inden længe havde hun den samme uniform og værktøj som ham. Pandebånd, afghanerpels og hashpibe. I hendes gamle cigarkasse

Hippier

fra barn med glansbillederne udenpå, lå nu også tændstikker og sølvpapir. Martin rystede på hovedet, og forsvandt lige så stille ud ad døren, når hippierne indtog hans gamle værelse. Stearinlys og røgelsespinde på gulvet med fem, seks personer omkring i en ring. En klemtede de fem greb, han havde lært sig på sin medbragte guitar, og syntes at han var identisk med Bob Dylan og John Lennon. Måske en anelse bedre for han havde sin egen lyd. "Ja mon ikke" tænkte Martin, men gruppen gav ham ret, mens de medbragte skorstene lagde et røgslør i hele værelset. Martin syntes, at de var en flok vatnisser der blot nassede på samfundet med ligegyldige argumenter om revolution og oprør mod det samfund, der gav dem understøttelse hver torsdag.

Han havde slået vejen forbi kollektivet i Ballerup, hvor Lone nu boede med Jacob. Et ældre forladt hus med fem værelser og en fælles stue. Rod alle vegne. Havde hans mor tidligere sat en straf op for rod på hans værelset, så var der her basis for dødsstraf.

Der var væg til væg madrasser og gamle omvendte ølkasser som små borde fyldt med askebægre, stearinlysstumper og sølvpapir. Tæpper for vinduerne, graffiti på væggene, Martin konstaterede at huset var pissekoldt og fugtigt. Som han huskede det, havde de kun små varmeblæsere på værelserne, der udfordrede de overbelastede sikringer. Et kvikt hoved havde fundet ud af at lægge sølvpapir omkring sikringen, så nu syntes det ikke at være et problem længere. De kaldte ham elektrikeren. Et par plakater med Jimmy Hendrix og Janis Joblin prydede en væg og døren til køkkenet havde intet håndtag, men det gjorde ikke så meget, da den ikke kunne lukkes. Ni mennesker inden for hundrede kvadratmeter i to etager. Martin faldt helt uden for årets mode i sine pæne bukser og hvide skjorte.

- Hej Martin, hvad laver du her? udbrød Lone og rejste sig fra en gammel sofa.

Hippier

- Heyy maann!, lød det fra Jacob, der ikke orkede at rejse sig.

- Kommer lige hjemmefra.

- Hvordan har mor det?

- Hun er okay… men sig mig hvordan kan du holde ud at bo her med alle de mennesker?

 Lone kiggede rundt.

- Det er sådan set fedt nok, selv om man godt kunne tænke sig at være lidt alene en gang imellem. Du skal være velkommen til at flytte ind, der er plads i kælderen. Oliefyret du`r alligevel ikke.

- Nej ellers tak for tilbuddet, Martin lod blikket løbe rundt.

- Må vi lige komme forbi? en mand og en kvinde, med et stort kraftigt hår, passerede dem forsigtigt søgende efter et sikkert sted at sætte sine bare fødder på gulvet.

- Det var dog et fantastisk hår hun har, hviskede Martin og nikkede efter de to forbipasserende.

- Det er fordi hun vasker sit hår i sin fyrs sæd.

- Hvad gør hun? grinede han og så efter hende, - det mener du ikke?

- Jo da, sagde hun helt alvorlig, - det er god shampoo og hvis du synes, at han ser lidt træt og slidt ud, så er det fordi hun vasker hår tre gange om dagen.

 Martin brød ud i latter, hans søster havde humor.

- Hun overvejer at skifte til en anden shampoo, men… hvorfor er du egentlig kommet? er der sket noget? spurgte hun.

- Ja det er der faktisk, Martin blev alvorlig og trak hende ind i et værelse.

- Farfar er død.

- Er farfar? …i Vejle? …hvordan er det sket?

- Han fik et hjerteslag under en frokost og døde.

- Nej hvor trist, ….det er jeg da ked af at høre, ….hvornår skal han begraves?

Pludselig lød der uro fra stuen hvor de havde forladt Jacob.

”Vi havde aftalt, at det var vores værelse da vi er to!” Jacobs altid belærende snakketøj brød ophidset igennem.

Hippier

”Vi har ikke aftalt en skid! Du har bare smidt en stor madras, og så tror du at det er jeres!” trængte en tydelig utilfreds hippies stemme igennem.

”Skal vi ikke bare danne en basisgruppe, og sætte os ned og diskutere det?” Foreslog en anden hippie med en sløv stemme gennem de nedhængende gardiner fra panden. Han var iført krøllet indisk bomuld fra top til tå med en klud bundet om hver overarm. Pandebåndet holdt det lange fedtede hår ind til hovedet, mens han prøvede på at få håret om bag øret, for bedre at kunne se. Hans pige sad mellem hans korslagte ben på madrassen, og gav ham ret i alt hvad han sagde. ”Hold kæft John, det er vores værelse….” var de sidste ord Martin opfattede, da han trådte døren i stuen. Med et brag væltede de to kamphaner over hinanden, og tumlede rundt mellem borde og gamle sofaer. Et par toner fra en guitar der røg på gulvet, fik en anden til at fare hen og redde hvad reddes kunne. Fem mennesker i samme stue og et voldsomt slagsmål. Martin kom tids nok til at hjælpe med at skille de stridende parter.

”Rolig Jacob” sagde han, og hev ham ud i køkkenet med hjælp fra Lone. Jacob var hvid i hovedet af raseri. ”Han fortjener nogle tæsk. Det har han gjort længe. Slip mig!!” ”Slap nu af Jacob” lød det spagt fra Lone ”Det fører ikke til noget”

”Han skal ud af huset, og det er nu!!”

”Ja, ja det skal han nok komme. Slap nu af” Lidt efter var der faldet ro over gemytterne, og han havde nu sin søster for sig selv. Lidt efter forlod han hende, men han måtte da lige sige pænt farvel. Stuen lignede sig selv på trods af det voldsomme slagsmål. De slagne parter sad og surmulede, mens resten fortrængte hvad der var sket med en fredspibe.

”Fred på jorden!” råbte han og gjorde v-tegnet.

Uddrag af bogen Den Forkerte Hest

Nedrustning

Så kom den dag alligevel hvor Berlinmuren faldt. Østtyskland og Vesttyskland blev genforenet den 9. november 1989. I 1985 trådte en helt ny type russisk præsident ind på verdensarenaen.

De gamle kommunistiske stivstikkere af grå statsmænd blev pludselig afløst af en smilende og tilsyneladende rar morfaragtig mand, der talte om nedrustning mellem øst og vest. Mikhail Gorbatjov. Glasnost og perestrojka. Åbenhed. Lunten blev pillet ud af raketterne. Den ene atomraket efter den anden blev pakket sammen på hver sin side af jerntæppet.

Om det var på grund af fredsbevægelser, eller det rent økonomiske i at kommunismen havde spillet fallit, kunne man kun gætte på. Afspændingen bredte sig som en lettelse over hele verden. Truslen fra øst forsvandt. Geværet blev tømt for patroner og hængt væk…. for en stund.

***

Lærer vi af fortiden ?

Hitler blev *demokratisk* valgt. Han indførte undtagelsestilstand som
først blev ophævet i 1945 efter hans død. Han døde som *diktator*
og efterlod en verden i ruiner.

Fornuftige mennesker tror ikke på en lille løgn
Men de tror på en STOR løgn

***

Man skal være bange, før man kan være modig

***

Tiden læger alle sår
Hvis man lader være med at pille i dem

Hella Joof

Militæret

1972, kong Frederik 9. var lige død og Margrethe 2. udråbt til dronning. Jeg var ikke kommet i kongens klæder, men i dronningens bukser.

Ved indkaldelsen fik hver især tildelt et bynavn fra deres hjemstavn. Mit var `Ballerup`.

Efter gammel skik og af praktiske grunde har husarerne bynavne. Når eskadronen kom ridende ind til en by, blev husaren med bynavnet kaldt frem. Han kunne nu ride forrest og vise vej, da han kendte området.

***

Militæret

Sergenterne satte sig i respekt fra dag et på gardehusarkasernen. Døren til mandskabsstuen blev ikke lukket op. Men sparket op om morgenen.

"Klokken er 6!!" blev der brølet ind på stuen.

"Så se dog at komme i seng, vi skal tidligt op" lød det fra en køje

***

Obersten hed Jorck Jorckston, og han indgydede respekt. Soldat helt ned i de langskaftede ridestøvler. Nye rekrutter var ikke helt klar over hvad han var skabt af. En dag jeg var på vej mod kantinen, kom han ridende, højt på hest, imod mig. Samtidig marcherede en deling nye rekrutter forbi.

I det vi passerer lød det fra en af "møllene"

"Sikken en underlig hest. Røvhullet sidder helt oppe på ryggen"

Høj latter!, ...men jeg skimtede uvejr, løb mod kantinen og skyndte mig i læ.

Hesten stejlede og uvejret brød løs. Sent samme aften exercerede den samme deling stadig rundt under oberstens kommando. Sammen med de menige der tilfældigt havde været til stede.

Militæret

Alarmering

`Korsør` havde fundet sin sovepose på bunden af skabet. I et kort øjeblik havde han fået en af sine lyse ideer, der med tiden havde givet ham titlen af en `nørd`. Han havde spændt hele sin udrustning fast på remtøjet og lagt det på mandskabsstuens eneste taburet. Nu kunne han bare løfte det op og tage det hele på som en overfrakke.

I et løft med en arm i hver sele og med en dyb indånding spændte han bæltet.

"Haa!- hvorfor har jeg ikke tænkt over det før? Skide smart"

Med våben i hånden, og stålhjelmen dansende på hovedet, mødte de, løbende på trapperne, soldaterne fra de andre delinger. Forvirring i geledderne, en strakt arm lagde afstand til sidemanden, mens der blev rettet ind. Hjelmens rem nåede lige at blive spændt, før det lød;

"Til høøøjre ret!" Støvler skrabede over jorden, hælene slog sammen og der blev helt stille blandt kompagniets godt fyrre mand. "Se ligeeee ud!", brølede sergenten, mens majoren trådte frem.

"Melder hr. major. Kompagniet stiller med fire delinger og otteogfyrre mand" Nu var det løjtnanten der smækkede hælene sammen og gjorde honnør.

"Tak. Kompagnieeee rør!!", og alle slappede af, med let spredte ben.

Der lød en fnisen fra rækkerne. Sergenten drejede rundt med lynende øjne og brølede "Stilhed!!" Men endnu et undertrykt grin slap ud. I samme nu var sergenten fremme.

"Hvad er det som er så morsomt `Roskilde`?"

`Roskilde` bed sig i læben for at undgå yderligere repressalier. Han vidste, at der ikke skulle meget til under en øvelse, før man fik ekstra vagt og måtte blive i weekenden.

"Melder hr. sergent. Det er `Korsør`"

"Hvad er der med `Korsør`?" Sergenten lod blikket løbe langs rækken til `Korsør`, men kunne ikke se noget mærkeligt ved ham.

"`Korsør` træd to skridt frem!", beordrede han.

Hjertet bankede heftigt, da han trådte frem. Varmen blussede i hans kinder. Hvad havde han nu gjort? Der lød et latterbrøl.

Militæret

På ryggen strittede taburettens fire ben ud. Den havde hængt fast i udstyret, da han tog det på.

Selv officererne måtte smile i det stille og sende ham tilbage med inventaret.

Bilfrie Søndage

I maj måned 1973 viste den første truende energimangel sig. OPEC, de olieproducerende lande krævede nu højere priser for olien, hvilket udløste olierationeringer og stor mangel på brændstof til biler og opvarmning. Vesten var taget med bukserne nede. Uforberedte på at det kunne ske. OPEC landene kræver højere priser for deres råolie. Vinteren stod for døren, Israel var gået i krig med araberne, mens oliepriserne tog en himmelflugt. Det gjorde elregningen også, da mange uisolerede huse var forsynet med elvarme. Den indbyggede sauna blev hovedsalig brugt til at tørre tøj i. Man fyrede for gråspurvene.

Kort efter blev der indført bilfrie søndage for at spare på olie og benzin. Det var ikke tilladt andre end taxaer, busser at køre på vejene. Man kunne søge om køretilladelse, hvis man havde vigtige arbejdsområder. Så som læger og præster m.m. der arbejdede om søndagen. Der skulle spares på hver en dråbe olie. Benzin var en mangelvare, der skulle passes på. Hver anden gadelygte blev slukket, og hastigheden i byerne blev nedsat til 60 km. i timen og 80 km. på landet.

Den 25. november 1973 blev den første bilfri søndag indført. Folk spadserede på kryds og tværs på de ellers befærdede gader og veje. Stilheden lå over Danmark. Motorvejene stod tomme. Kilometer efter kilometer, hvor asfaltens hvide striber forsvandt i en spids i horisonten. Folk cyklede, spillede fodbold og gik tur på motorvejene. De bilfrie søndage varede frem til 10. februar 1974. Den eneste søndag det var tilladt at køre, var lillejuleaften 1973.

"Giv agt!!" Det var løjtnanten der afgav ordre til førerne på de pansrede mandskabsvogne.

Militæret

"Der er afgang til øvelsesarealet resten af dagen. Det gælder om at brænde så meget benzin af som muligt. Ellers får vi ikke de samme rationer tildelt næste år på grund af oliekrisen. Er det forstået!"

"Javel hr. løjtnant" Resten af dagen gik med at fræse rundt for sjov i det mudrede øvelsesterræn og brænde benzin af, hvorefter de kunne se frem til orloven på den kommende bilfri søndag.

Hjemsendelse

Næstved Station lå indhyllet i tæt røg. Militærpolitiet rendte forgæves rundt efter synderne. De tolv måneders værnepligt var afsluttet, og det overfyldte tog bragte de færdiguddannede krigere til København for sidste gang. De var stadig under militær straffelov, så militærpolitiet patruljerede stationen for at undgå optøjer. Toiletterne i det gamle brune regionaltog havde direkte hul ned til sporene, så `Hvidovre`, ville lige sige farvel med maner. Han havde tændt en af militærets røgbomber, og dumpet den ned på skinnerne da toget satte i gang.

Med toget på vej op i fart, måtte han løbe tilbage til vinduerne for at nå at give dem fingeren ud af vinduet.

"Sådan!! Fuck jer!! Og fuck jeres skide heste!!", råbte han, mens de veltrænede politifolk med stave i hånden og MP armbånd stod magtesløse tilbage i røgen.

Da den sidste vogn passerede og forlod stationen, hvirvlede en tændt øvelsesgranat ud af vinduet og landede for deres fødder. Braget der ryddede perronen for røg et kort øjeblik, kunne høres over hele Næstved. Det satte efter toget og nåede kupeens åbne vindue, hvor ekkoet slog mod væggene og jublen brød løs.

De var frie civilister igen.

***

Militæret

Efter militæret gik der kun få måneder så skreg min krop på fysisk træning igen. Det blev karate. Træningen varede i 35 år. Efterhånden som jeg udviklede mig til en kampmaskine, forsvandt min ungdoms våben fascination. Jeg var et våben i mig selv. Min krop kunne tåle slag og spark, mine mavemuskler var hårde som stål, og min søster syntes det var sjovt at gå forbi, helt uventet, og slå mig i maven alt hvad hun kunne uden der skete andet end jeg spændte i kroppen og pustede ud. Til en fest hvor hun havde fået lidt at drikke ville hun lige for sjov prøve på en af de seje fyre, med det resultat at han gik i gulvet med et brag.

Med alderen er mit vaskebræt på maven pakket ind i en stødabsorberende vaskebalje.

***

Jeg kan, den dag i dag stadig lægge 3 mursten oven på hinanden, med et håndkantslag, og stor kraft med hele kroppen bag mig, smadre min hånd

***

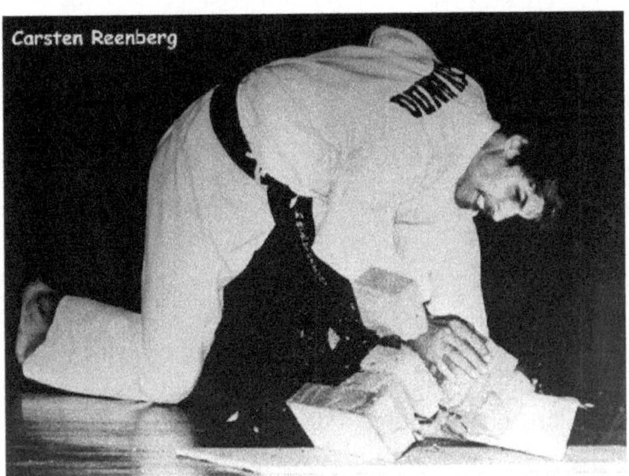

Foto: Jytte Graugart

Tidligere liv

Tvivlere og smagsdommere, med Janteloven som speciale, kan roligt springe dette afsnit over og gå videre til næste.

Jeg har mødt Per Helge Kofod-Jensen, der er min morfars halvsøsters pap søn. Det skete i forbindelse med en DR fjernsynsudsendelse der handlede om tidligere liv. Manden der oplevede sig selv som en genfødsel af Zar Nicolai 2 af Rusland, der sammen med sin familie brutalt blev myrdet under den russiske revolution i 1918. Søn af kejserinde Dagmar og barnebarn af Christian 9.

Ved et besøg på Hvidøre, hvor zarfamilien boede i Danmark, kunne han genkende, ned til små detaljer træerne der var vokset, huset og lokalerne og en stor samovar, temaskine. Han havde aldrig været der før.

Jeg studsede over navnet Kofod-Jensen som manden hed i DR udsendelsen og det gik op for mig, at jeg var i familie med ham og at han boede i Frederikssund. Vi fik kontakt med hinanden og det viste sig at vi havde meget til fælles.

Per har siden sit første møde med den spirituelle verden som barn vidst, at han var skabt til et bestemt formål i livet. Han var kun 1 år og 3 måneder, da han oplevede en åbenbaring i sine forældres have.

"Jacobstien"- betegnelsen for nedstigende engle var hvad der skete for ham. En person i lys og aura kom til ham fulgt af to andre, og han vidste allerede på det tidspunkt, at det var et lys han skulle lære at følge.

Per er healer og lever i lysets kraft og kærlighed. Med sensitiv følsomhed kan han fornemme den åndelige verden og med sine evner finde ubalancer i kroppen og sjæl der kan give sygdomme og rette dem til. Føle hele verdens puls og hvor den er på vej hen. Arbejder hen mod en bedre verden, gennem lyset i os alle sammen der kører på vågeblus.

Dem der lever i lyset, skaber forandring langt ud over deres rækkeevne. Dem der ikke gør, lever et liv med en svag flamme der gløder ud i en lille glemt røgsky.

Bevidstheden og sjælen arbejder i samme krop, som det logiske og det spirituelle. Bevidstheden og fornuften blandet med travlhed og stress, overdøver sjælens ro og kærlighed der bliver svær at finde ind til.

Lige som meget som det er en gave, er det også en belastning og bekymring for Per. Den smerte han føler over drabet på sin russiske "familie" som han til tider kender bedre end sin egen hustru. Dronning, søn og fire voksne døtres død lever han med hundrede år efter imod sin vilje og han kan ikke lægge det fra sig. Samvittighed over at han ikke kunne hjælpe dem og se dem blive myrdet nager ham stadig.

Zaren elskede sin kone og familie. Hans kone sendte ham kærlighedsbreve når han var rejst væk og de glædede sig til at være sammen igen. De store smukke giftemodne piger morede sig blandt officerer på udkik efter et giftermål. Da revolutionen indtraf blev de myrdet alle sammen.

Hvorfor han har dette syn ved han ikke selv og prøver ikke at forstå det alt for dybt, da det ikke kan dokumenteres.

Jeg har besluttet at finde ind i min sjæl og kan allerede med Pers hjælp mærke den ro og kærlighed det medfører.

Mit lave kristne syn har fået en kraftig opjustering for første gang i mit liv. Troede ikke at det kunne lade sig gøre med mit ateistiske, praktiske syn.

Danske dronning Dagmars søn og børnebørn

I 1917 gik den russiske hær i opløsning efter 3 års krig med Tyskland, og et oprør mod zar Nikolaj 2. startede, grundet at han havde trukket Rusland ind i 1. verdenskrig med sult og elendighed til følge for befolkningen. Ved Februar revolutionen blev zaren tvunget til at abdicere og holdt i fangenskab frem til Oktoberrevolutionen, hvor bolsjevikkerne brutalt henrettede hele familien i købmanden Ipatievs hus i Jekaterinburg i 1918.

17. juli 1918 blev zar Nicolai 2. brutalt myrdet sammen med sin kone Alexandra og deres 5 børn Olga, Tatjana, Marie, Anastasia og sønnen Alexai.

De var blevet beordret ned i kælderen, hvorefter de alle blev skudt. Zaren og hans hustru døde med det samme, men de unge kvinder havde syet diamanter og smykker ind i deres kjoler, så skuddene prellede af og dræbte dem ikke med det samme. Myrderiet fortsatte til alle var døde.

Helse og sundhed

Bestsellerbøger af Anthony William

"Jacobstien" med de nedstigende engle var også hvad der skete for Anthony Williams i USA.

Siden han var barn, bare fire år gammel, blev han kontaktet af en ånd, der siden har hjulpet ham har ham til at læse andre menneskers helbredsmæssige problemer. En dyb indsigt i de bagvedliggende årsager til sygdommene, og hvad der skal til for, at de kan genvinde deres sundhed. Hans helt ekstraordinære evner har givet ham en stor klientskare fra hele verden, der tæller filmstjerner, rockmusikere, milliardærer, professionelle sportsfolk, kendte forfattere og helt almindelige mennesker, som ikke fandt vejen til helbredelse, før han videregav sin åndelige indsigt, viden og information. Han har 3,5 millioner følgere på Facebook

Min søster der er jordemoder satte sig for at studere hans bøger og kom frem til fantastiske helbredsmetoder med f.eks. et grøntsagsmix. Hendes omgangskreds begyndte at blive raske.

En havde levet med en blodig byld - den forsvandt. En anden med paradentose og en løs tand fik pludselig strammet tandkødet op og tanden sad fast. Almen træthed forvandt. Et rødt sår i slimhinden forsvandt efter to år hos hudlæger og specialister uden resultat. Virusbeskyttende. Hun havde selv modtaget fødende med Covid-19, uden at hun selv blev smittet. Inden virussen var kendt osv... osv...

Naturens urtemedicin fra grønthandleren

Grøntsags 4 mix

Oregano

Bekæmper mavesår, halsbetændelse. Ørebetændelse, bihulebetændelse, dårlige bakterier i tyndtarm. God til at gøre det af med skadelige colibakterier. Streptokokker/ paradentose. Oregano olie virker utrolig antibakteriel og virksom mod ringorm.

Rosmarin

Antibakteriel urt bekæmper antibiotikaresistente bakterier som har vundet indpas på hospitaler feks. MRSA. Staphylokokker, bylder og alvorlige infektioner.

Salvie

Helbredelse af svampeinfektioner som fodsvamp og lyskesvamp. Svamp og giftige tungmetaller i fordøjelseskanal og efter kontakt med giftig skimmelsvamp

Timian

Virusbekæmpende urt der har til hovedopgave at ødelægge virus, influenzavirus og hele rækken af herpesvirusser. Timians evne til at krydse blod-hjernebarrieren, gør den til et hemmeligt våben mod virusser der er begyndt at angribe hjernen eller rygmarven.

Bladene fra de 4 urter pilles af og blændes sammen til en masse som tilsættes extrafin jomfruolie eller oroganoolie og stilles på køl.

Daglig dosis: Som forebyggende   = En teskefuld
                  Ved aktiv infektion/feber = En teskefuld 3 gange daglig

Som forebyggende kan der gå måneder før virkning indtræffer, men den kommer

Frederik den 8.	1906-1912 konge af *Danmark*
Alexandra	1901-1910 Dronning af *Storbritannien og Irland, kejserinde af Indien*
Vilhelm - = **Georg 1.**	1863 – 1913 Konge af *Grækenland*
Dagmar -	1881 - 1894 Kejserinde af *Rusland*
Thyra –	1878 Hertuginde af *Cumberland*
Valdemar	1887 Valgt til fyrste af *Bulgarien* , men afslog

England

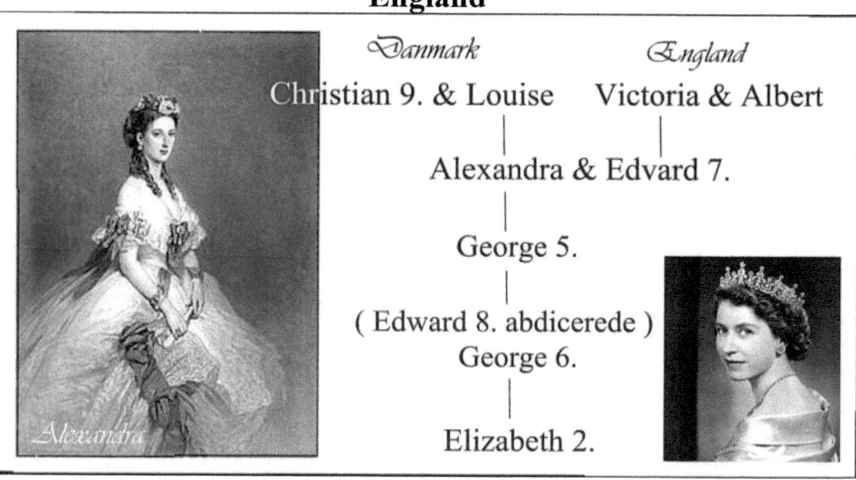

Grækenland

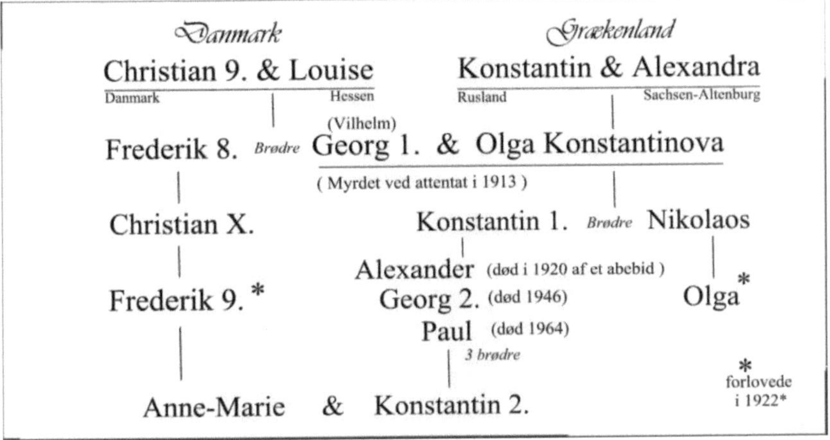

Rusland

DET RUSSISKE HUS

Christian 9. & Louise af Hessen-Kassel
Danmark

1843	1844	1845	1847	1853	1858
Fr.8 -	Alexandra -	Vilhelm -	Dagmar -	Thyra -	Valdemar
Konge Danmark	Dronning England	Konge Grækenland	Dronning Rusland	Hertuginde Cumberland	prins
	(se *1952)	(myrdet 1913)	(død Hvidøre 1928)		
		(se *1964)			

Rusland
Alexander 2. & Maria Alexandrovna
(Marie af Hessen-Darmstadt)

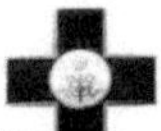

Røde Kors

Marija Fjodorovna
1847 - 1928
Dagmar

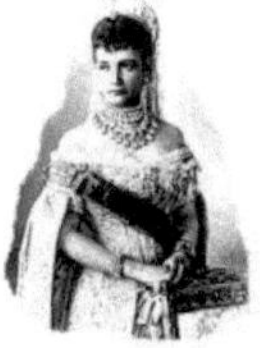

Alexander 3.

Alexandrovitj / Alexandrovna*

1868	1871	1875	1878	1882
Nicolai 2. -	George -	Xenia* -	Mikail -	Olga*
(myrdet 1918)	(dræbt på motorcykel 1899)		(myrdet 1918)	Holte Ballerup Canada

1910

	Nicolai 2.	Xenia*	Mikail/George	Olga*
		1895 Irina	George	Tikhon 1917
		1897 Andrei	(dræbt i bilulykke 1931)	1919 Guri
1895 Olga (myrdet 1918)		1898 Feodor		
1897 Tatjana (myrdet 1918)		1900 Nikita		
1898 Marie (myrdet 1918)		1901 Dmitri		1943 Leonid
1901 Anastasia (myrdet 1918)		1902 Ristislav		Australien
1914 Alexai (myrdet 1918)		1907 Vasili		

Uddrag: Danske Konger i Krig og Fred

1400

1500

1600

1700

1800

1900

Uddrag: Danske Konger i Krig og Fred

Odenborgske slægt

Christian 1.	**1448** – 1481	- Københavns Universitet
Kong Hans	**1481** – 1513	- Slaget i Ditmarsken
Christian 2.	**1513** – 1523	- Fangen på Sønderborg Slot, Dyveke
Frederik 1.	**1523** – 1533	- Bror til kong Hans
Christian 3.	**1534** – 1559	- Reformationen, Grevens Fejde
Frederik 2.	**1559** – 1588	- Syvårskrigen, Frederiksborg Slot
Christian 4.	**1588** – 1648	- Bygninger Rundetårn, Nyboder m.m
Frederik 3.	**1648** – 1670	- Stormen på København, enevælden
Christian 5.	**1670** – 1699	- Vestindiske øer, slavehandel
Frederik 4.	**1699** – 1730	- Tordenskjold
Christian 6.	**1730** – 1746	- Pietismen, Christiansborg, stavnsbåndet
Frederik 5.	**1746** – 1766	- Frederiksstaden, Amalienborg
Christian 7.	**1766** – 1808	- Sindssyge, Struensee, stavnsbåndet slut
Frederik 6.	**1808** – 1839	- Kronprinsregent, tabet af Norge
Christian 8.	**1839** – 1848	- Slaveriets ophør
Frederik 7.	**1848** – 1863	- 3 årskrigen, Grundloven 1849, Danner

Glücksborgske slægt

Christian 9.	**1863** – 1906	- Krigen 1864, Europas svigerfar
Frederik 8.	**1906** – 1912	- Parlamentarismen, nytårstale
Christian 10.	**1912** – 1947	- Kvinders stemmeret , besættelsen 1940
Frederik 9.	**1947** – 1972	- Sømandskongen, Danmark i fred
Margrethe 2.	**1972** –	- Irak krigen, Islamisk terror i Europa

Uddrag: Danske Konger i Krig og Fred

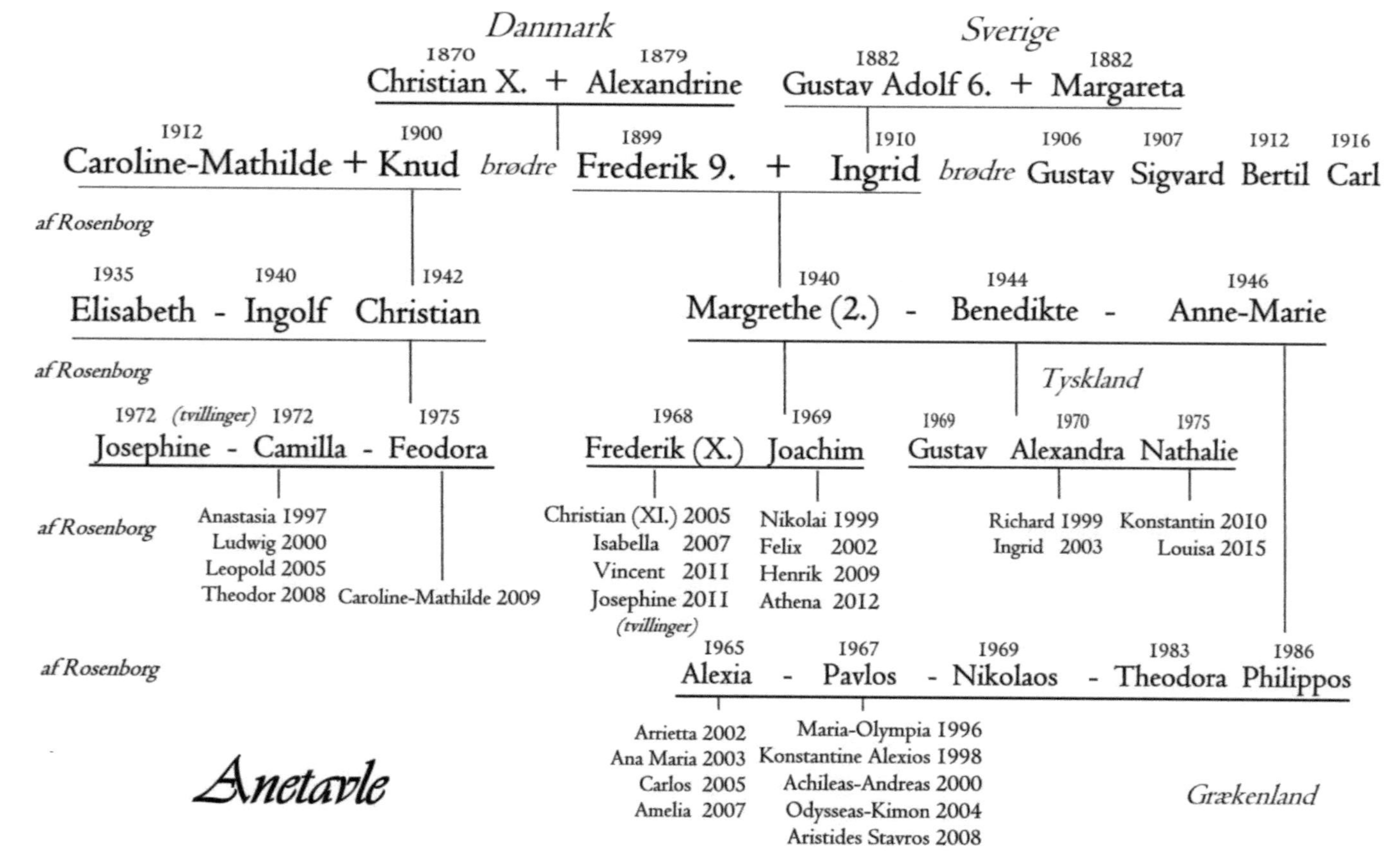

Danmark
Sverige
1870 Christian X. + Alexandrine 1879
1882 Gustav Adolf 6. + Margareta 1882
1912 Caroline-Mathilde + Knud 1900   brødre   1899 Frederik 9. + Ingrid 1910   brødre   1906 Gustav   1907 Sigvard   1912 Bertil   1916 Carl
af Rosenborg
1935 Elisabeth - 1940 Ingolf   1942 Christian
1940 Margrethe (2.) - 1944 Benedikte - 1946 Anne-Marie
af Rosenborg
Tyskland
1972 (tvillinger) Josephine - 1972 Camilla - 1975 Feodora
1968 Frederik (X.)   1969 Joachim
1969 Gustav   1970 Alexandra   1975 Nathalie
af Rosenborg
Anastasia 1997
Ludwig 2000
Leopold 2005
Theodor 2008   Caroline-Mathilde 2009
Christian (XI.) 2005
Isabella 2007
Vincent 2011
Josephine 2011
(tvillinger)
Nikolai 1999
Felix 2002
Henrik 2009
Athena 2012
Richard 1999   Konstantin 2010
Ingrid 2003   Louisa 2015
af Rosenborg
1965 Alexia - 1967 Pavlos - 1969 Nikolaos - 1983 Theodora   1986 Philippos
Arrietta 2002
Ana Maria 2003
Carlos 2005
Amelia 2007
Maria-Olympia 1996
Konstantine Alexios 1998
Achileas-Andreas 2000
Odysseas-Kimon 2004
Aristides Stavros 2008
Grækenland
Anetavle

Dronning Margrethe aflyser sin 80 års fødselsdag

Dronningen aflyste sin 80 års fødselsdag den 16. april 2020 grundet den verdensomspændende dødelige Covid-19 pandemi.

2019 – 2020 Corona pandemi Covid-19

December 2019 dukkede en ny og ukendt virus op i Kina. På et marked i den kinesiske provins Wuhan begyndte folk at blive syge og dø i hobetal. Den ukendte virusinfluenza bredte sig hurtigt på tværs af landegrænser. Kort efter udsendte WHO en verdensalarmering og i februar havde influenzaen bredt sig til hele Europa, USA og resten af verden. Regeringer lukkede grænser og lande helt ned for at stoppe spredningen af virus. Den 18. marts gik Dronning Margrethe på fjernsynet og talte til befolkningen.

En uhyggelig parallel til Den Spanske Syge i 1918 hvor 50 millioner, på verdensplan, døde for 101 år siden. Heraf 14.000 i Danmark.

Covid-19 udvikling 2020

Covid-19	Danmark		Sverige	Italien	Spanien	USA	Frankrig	England	Tyskland	Døde	Smittede
Dec. 2019		Wuhan									
9. marts				lukker ned							
14. marts	1	Grænser lukker									
16. marts		Skoler lukker									
17. marts				udg.forbud			udg.forbud				
18. marts		Centre lukker									
18. marts		Dr.Margr. På TV									
28. marts	52										
29. marts	65									30.000	
30. marts	77										
31. marts	90										
1. april	104		282	13.915	10.003	3.872	6.500	2.921	1.074	50.000	
7. maj	514		3.040	29.958	26.070	76.928	25.987	30.615	7.190	270.720	3.917.619
8. maj		DK åbner op									
14-15. maj		ingen døde DK									
1, juni	574		4.403	33.415	27.127	106.127	28.802	38.489	8.605	373.961	
1. juli	605		5.310	34.744	28.346	128.783	29.813	43.575	9.041	510.930	
1. august	616		5.739	35.132	28.443	152.055	30.241	46.089	9.144	676.795	
1. september	624	England ??	5.808	35.477	29.011	183.066	30.611	41.586	9.300	845.414	25.143.423
1. oktober	650	Smittetal stiger	5.893	35.894	31.791	206.900	31.986	42.233	9.495	1.006.576	33.561.081
1. november	721		5.941	38.321	35.878	229.696	36.605	46.319	10.462	1.193.909	45.921.698
											50.000.000

Kejserriget Østrig-Ungarn

Benelux landene ?

I 1547 herskede den mægtige Østrig-Ungarnske kejserfamilie store dele af Europa. Angreb Danmark i 1864. Nederlandene var det område der senere blev til **Be**lgien, **Ne**derland (Holland) og **Lux**enburg

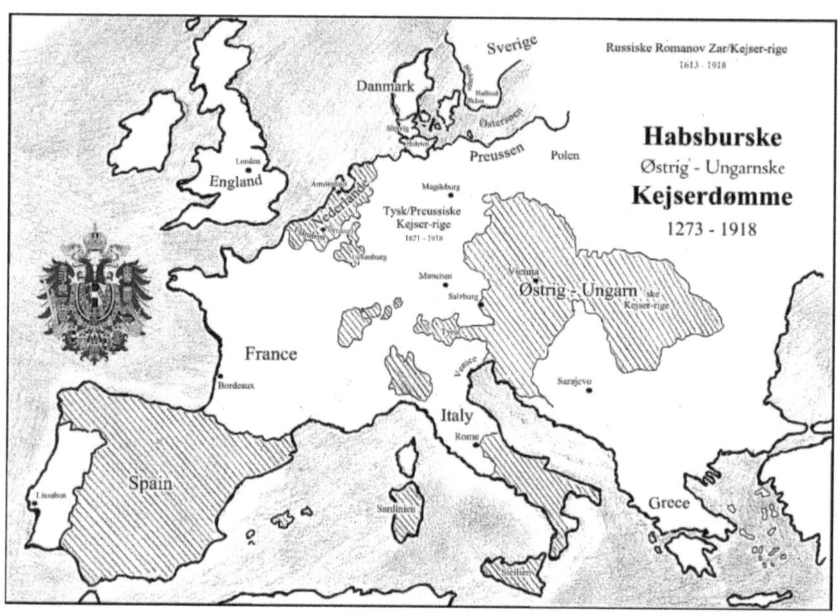

*Da **Karl 5**. abdicerer i 1556 overtager broderen **Ferdinand 1**. Østrig, Ungarn og Tyskland.   Sønnen **Philip 2**. regerer Spanien, Italien, Nederlandene, kolonierne. I 1580 erobrede han Portugal men mistede alt efter Armadaens fald i 1588*. Det Habsburgske-tvillingekejserrige fik våbenskjold med 2 ørnehoveder.*

Kejser Franz Josef 1. regerede fra 1848 til 1916, på Schönbraun Slot i Wien med sin smukke kone Elizabeth, kaldet "Sisi". De fik 4 børn, heraf kun en søn der, i ulykkelig kærlighed til en ung kvinde han ikke kunne få, begik selvmord i 1889. Hans mor "Sisi" blev kniv myrdet i Schweitz i 1898 af en attentatmand ved navn Loigi.

Franz Josef's bror afgav sin ret til tronen der gik videre til sønnen Frans Ferdinand og hans kone Sophie Chotek. De blev myrdet ved attentatet i Sarajevo i 1914, hvilket startede 1. verdenskrig.

Straussfamilien 1825 – 1899

Johan Strauss skrev 400 valse frem til 1899 og stadfæstede wienervalsen. Sjælen i Østrigs musik.

1. Verdenskrig 1914 – 1918

Et enkelt attentat udløste første verdenskrig. Den 26. juni 1914, blev den Østrig- Ungarske tronfølger til den habsburgske trone, Frans Ferdinand og hans hustru Sophie, myrdet ved et attentat i Sarajovo af en serbisk nationalist. Østrig krævede med et ultimatum en undersøgelse på serbisk jord. Rusland havde garanteret for Serbiens sikkerhed og Østrig-Ungarn havde allieret sig med Tyskland. Østrig-Ungarn havde et uafsluttet had til Serbien og holdt på deres ultimatum, vel vidende at det kunne udløse krig, hvilket det gjorde, da de erklærede Serbien krig. Rusland mobiliserede, og Tyskland erklærede Rusland krig.

Nu mobiliserede Frankrig, og Tyskland erklærede også dem krig. De angreb gennem det neutrale Belgien, hvilket fik englænderne op af stolen og de erklærede Tyskland krig.

En europæisk storkrig var i gang, udløst af et enkelt attentat, uden politisk vilje til at forhindre den. Som ved alle andre krige forventede man, at den var hurtigt overstået, men den kom til at vare i 4 år med skyttegravskrige mellem Tyskland og Frankrig.

Af de 70 millioner der deltog i krigen, fik det konsekvenser for over halvdelen. 9½ millioner soldater blev dræbt, 7 millioner blev meldt savnet og 20 millioner blev såret og invalideret.

Danmark gik fri. 3 kejserdømmer sank i grus.

Kejserdømmet Preussen,
Kejserdømmet Rusland
&
Kejserdømmet Østrig-Ungarn

I kølvandet på 1. verdenskrig fulgte Den Spanske Syge

Uddrag: Danske Konger i Krig og Fred

Den Spanske Syge 1918

Den verdensomspændende dødelige (fugle) influenza, der på verdensplan kostede mellem 20 og 50 millioner mennesker livet, var nu nået til Danmark. På få måneder spredte den sig fra Europa over Nordamerika og Asien til små stillehavsøer og selv til Alaskas vildmark.

Min oldemor Bertha døde af den spanske syge i 1918. Hun efterlod sig mand og 6 børn. Hendes datter Else blev konfirmeret i sort sørgekjole nogle dage efter.

1918 Den spanske syge

Mor græd. De kunne høre, at hun græd hjerteskærende. De havde da hørt deres mor græde før, men ikke på denne måde. Da de nærmede sig værelset sad hun ved siden af vuggen med lillesøster Estrid der lå med åbne øjne og kikkede ud i rummet. Hun var død. Far var på arbejde, tiden stod stille, og de vidste ikke, hvad de skulle gøre.

- Jeg kan ikke, hulkede mor, - Eigil, vil du ikke nok lukke hendes øjne, jeg kan ikke, gentog hun og brød sammen igen. Eigil fik sin første manddomsprøve 14 år gammel. Han gik hen til vuggen og lukkede sin lillesøsters øjne.

Hun blev 5 måneder. Den Spanske Syge havde gjort et stort indhug i familien. Deres far, Valdemar, var ud af en søskendeflok på seksten børn, hvor flere af familiemedlemmerne døde i samme periode.

Spanske syge 1918

De havde en læge, doktor Topp fra Islands Brygge, der besøgte tre familier i ejendommen. Han var rar. Besøgte han en familie, stak han lige hovedet ind til naboerne for at høre, om der var nogen syge.

- Det er fint fru Olsen fortsæt bare med levertrannen. Alle børnene blev hver morgen stillet op til parade, hvor de fik en skefuld levertran. Selv om det var en kold og fugtig lejlighed, tog døden ikke flere. Topp omkom ulykkeligvis selv på en rævejagt, hvor han ville redde sin elskede gravhund i en rævegrav. Graven faldt sammen, og doktor Topp og hunden blev dræbt.

Familiesangbogen

Knud vidste lige hvordan man charmerede pigerne. Han smøgede det ene bukseben op. Gik hen til lokummerne i gården og stak benet helt ned i bunden af spanden, mens han triumferende modtog de dånende pigers hyldest. Derefter gik han hen til vandhanen og skyllede benet af.

Lokumsskurene var bygget på stribe, og stak man hovedet ned i tønden, kunne man se alle de numser, der var i aktion. Han fortalte også vilde historier om, at en gang ville man få en maskine så man kunne sidde hjemme og se sin far gå på værtshus. Han havde lige forudsagt fjernsynet, længe før radioen var opfundet.

Fugleungen

Valdemars lillesøster Rigmor fødte, 17 år gammel, i 1918 en datter. Barnet blev døbt Rigmor efter hende selv, da hun nok selv vidste, hvor det bar hen.

Den spanske syge var brudt ud, og Rigmor døde kort efter fødslen. Hendes storesøster Yelva fik det alt for tidligt fødte barn med hjem med besked om, at det antageligt ikke ville overleve. Barnet var kun en ”fugleunge” på ca. 1200 gram og havde ingen negle på fingrene. Yelva ville ikke give op. Hun fandt dukketøj frem, strikkede småt tøj og forede en skotøjsæske med vat, som hun stillede ved kakkelovnen. Pigen blev madet med en dukkesutteflaske, mens hun værnede om det lille myr. Miraklet skete, pigen kom sig og begyndte at vokse. Yelva og hendes mand Niels tog datteren til sig. Da faderen døde 6 år senere af difteritis, adopterede Yelva og Niels pigen, som var blevet opkaldt Rigmor efter sin mor, men siden hen kun blev kaldt for ”søster”.

Denne del af familien hang i en tynd, tynd tråd, reddet af moster Yelva. Det lille dukkebarn fra 1918 i skotøjsæsken fik i perioden frem til 1995, 13 børn og børnebørn.

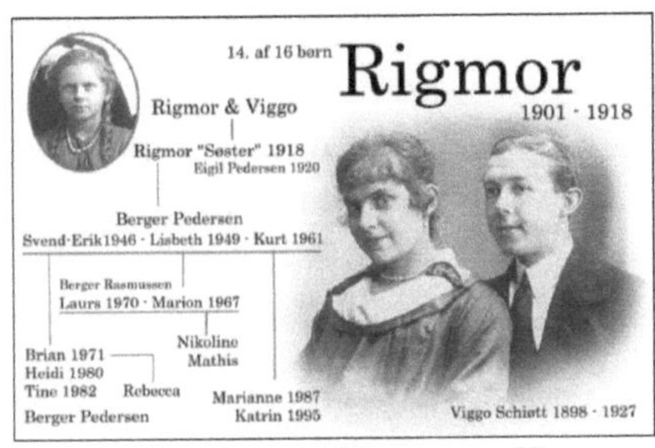

Rigmor   Viggo   *Yelva   `Søster`   Niels*

Spanske syge 1918

1918 - Odd Fellowpalæet

Atten år tidligere, i år 1900, blev det tidligere Berckentinske palæ i Bredgade/Frederiksstaden overtaget af Odd Fellow Ordenen. Palæet hvor datteren Louise Plessen, der var overhofmesterinde for Caroline Mathilde, tidligere holdt selskaber for de kongelige og det bedre borgerskab, inden hun blev udvist til Tyskland af den sindssyge kong Christian 7., og hvor hun siden hen tog sig af den landsforviste dronning.

Odd Fellow Ordenen I.O.O.F. regner året 1819 som stiftelsesåret for logens oprindelse i Amerika. Skabt af en emigrerende englænder med et stort ønske om at hjælpe de fattige. Den første danske loge stiftedes i 1878, hvor den havde hjemsted i palæet i Bredgade. I år 1900 overtog broderordenen palæet, og omdøbte det til Odd Fellow Palæet. På øverste etage indrettes loge ordenens egne lokaler. Logens vigtigste formål var i tilpasning med sin samtid at hjælpe de fattige, besøge de syge, begrave de døde og opdrage de forældreløse.

Første november 1918 under `Den Spanske Syge`, hvor tusindvis af københavnere døde, åbnede de palæet for alle – rig som fattig.

Riddersalen og etagen over blev omdannet til lazaret sammen med tilstødende værelser. Da første verdenskrig brød ud, havde den svenske generalkonsul Bror Karlson tidligere indkøbt hundrede hospitalssenge, som han ville skænke staten, i tilfælde af at Danmark blev inddraget i verdenskrigen. Dette skete heldigvis ikke, og sengene kom nu til gavn for de mange syge og døende mennesker.

Dr. Stokkebye fra Hellerup fungerede som overlæge og ledede hospitalet sammen med femogtyve kvindelige funktionærer og en hel del frivillige. 14.000 danskere døde under epidemien. København havde i november 1918 næsten 100 begravelser om dagen. Ambulancer og ligvogne kørte i døgndrift. I Odd Fellow Palæet tog læger og sygeplejersker sig af alle. Det var nok bare at være syg og fattig for at få hjælp.

Odd Fellow logen levede fuldt op til sin egen dagsorden.

Den Spanske Syge forsvandt af sig selv og kom aldrig igen.

Komma placering ?

Hvis jeg kan så kommer jeg ikke
men hvis jeg ikke kan så kommer jeg

Det handler om bondemanden der vil så sin mark

***

Det modsatte af det omvendte

Det behøver ikke at være negativt
at blive testet positiv
men heller ikke positivt
hvis testen er negativ.

Så enkelt er det

***

Sidst jeg blev testet for Covid-19, blev jeg positivt overrasket

***

Avis uddeler

En dag kom jeg forbi en stille villavej, hvor
en teenagepige med sin lillebror var ved at læsse bunker af
reklamer fra deres trækvogn op i en affaldscontaineren,
Reklamer som givetvis skulle være delt ud til husstandene.

”Nå deler du også reklamer ud” spurgte jeg for sjovt drengen
”Nej - jeg hjælper bare min søster”

***

Skovtur

Der var en gang – for meget længe siden, et land hvor fjernsynet ikke stjal opmærksomheden og computeren hjernen. Hvor folk kommunikerede ansigt til ansigt, med smil i øjet og ikke med en mobiltelefon. Personlige breve med hjertet i blev sendt af sted i stedet for e-mail. Far gik på arbejde og mor var hjemmegående, mens hun passede sine egne børn og havde som regel en ny til hævning. Tiden gik meget langsomt. En time var en time. Når ugens arbejde var færdig om lørdagen, kom man helligdagen i hu og slappede af. Man mødtes, spillede kort, sang sange og drog på skovtur hele familien. Herrerne elegant klædt på og kvinderne i smukke kjoler. 1912 - Det var den gang.

1912   *Min morfar står i midter rækken med et tvilling slips*

1951   *morfar med knaphulsblomst*

Skovtur

1964

Min morfar på autostolen uden tvillingslips og knaphulsblomst med den nyerhvervede bil på skovtur. Ud og slå campingbordet op i vejkanten og kikke på biler der passerer.

2020   Skovturshygge blandt den nye generation

Dannebrogmand

Valdemar Frederik Berger Olsen (1858 – 1931)

Den 30. juni 1928 var der guldbryllup. Ægteskabet havde varet i 50 år. Han var nu 70, og der var mødt 66 familiemedlemmer op til festen: 11 børn, 45 børnebørn og 10 børnebørnebørn.

Det havde været en stor dag. Ikke mindst på grund af besøget fra Amalienborg hvor han havde fået tildelt dannebrogsordenen. Han var nu dannebrogsmand for 50 års trofast arbejde i statens tjeneste.

Valdemar rettede ryggen i stolen. Han var nu en fin mand og havde opnået toppen af den respekt han havde søgt hele sit liv. Fra almindelig snedker til husejer på niende år på Nørrebro.

Han havde gjort det godt. 16 børn havde hans kone Louise skænket ham gennem livet. Fire sønner og resten pigebørn der alle var døbt med et navn der endte på `a`.

Bertha, Frida, Oda, Yelva, Carla, Hilda osv. Men ingen regel uden undtagelse. Rigmor. Den sidste i rækken.

Dannebrogmand

Ud af de 16 børn var 2 døde som små og 3 inden for de sidste år.
Den spanske syge havde for ti år siden, i 1918, havde taget Bertha
og Rigmor og sat sine dødelige spor hos børnebørnene.

Valdemar Frederik Berger Olsen blev født 6 juni 1858 i Nygade
nr. 19 på Strøget. Begge hans forældre var ud af Nyboder familier,
da hans far og morfar begge var kvartermestre i flåden. Morfar, Ole
Julius Nielsen fra Elgsdyrgade 8 og   farfar Jens Olsen fra
Elgsdyrsgade 36
Danmarks sikkerhed hvilede på flåden, og beboerne i Nyboder var
helt klar over deres værd. De var nationale, konservative, men også
liberale. Inden for nyboderfolkets egen kreds, blev der dyrket
megen selskabelighed. Her blev der sunget og fortalt historier.
Som 7 årig blev Valdemar sendt på Sø etatens Drengeskole i
Svanegade på Nyboder, hvor han var frem til sin konfirmation.

Dannebrogmand

I 1876, 18 år gammel blev han udlært som snedker i Borgergade hos snedkermester Bartram.

Den 30. juni 1878, 20 år gammel bliver han viet i Holmens Kirke til Louise Wellendorph.

Louise Henriette Conradine Wellendorph (1859 – 1934)

Louise var ud af en fin ridefogedslægt fra Sønderjylland og havde forelsket sig i en ung almindelig nyudlært snedker. Hun var åbenbart blevet gravid 16-17 år gammel og måtte simpelthen stikke af med ham, da familien ikke ville acceptere et giftermål. Det var under hendes stand. De nåede faktisk at få to børn, inden de to år senere gifter sig i Holmens Kirke.

Hendes valg skulle vise sig at være ikke så dårligt endda.

Fra det øjeblik hun lagde sig ned fødte hun 16 børn. Hun var kun oppe og trække vejret et par gange. Efter brylluppet stiftede de bo i Antoniestræde bag Helligåndskirken på Strøget. Senere på Gammelholm, Christianshavn og Vesterbro for til sidst at ende som husejere i Bangertsgade på Nørrebro. Louise havde på et tidspunkt en grøntbutik, men lukkede gerne tidligt når hun skulle hjem og føde børn.

På trods af de mange børn gav de sig tid til andet. De havde deres kortaften hvor en del venner og bekendte mødtes til en hyggelig aften. Det var vinter og småt med plads i den lille lejlighed. Overfrakkerne blev smidt ind på den store dobbeltseng i soveværelset. Gæster i stuen, tyk cigarrøg og raslende kaffekopper. En cognac til kaffen mens der blev diskuteret højlydt. En fløj op af stolen og skældte sin makker ud, fordi han havde meldt et forkert kort ud. Vandet til kaffen kogte i messingkedlen, og der duftede af friskmalet kaffe, når den blev serveret i en "Madam Blå" kande.

Børnene var henvist til gangen eller soveværelset, da det var de eneste steder med lidt plads til at lege på. Følte de sig uretfærdigt behandlet, kunne man bruge en stor ulden overfrakke til at græde

Dannebrogmand

ud i. Kortaftenen var slut hos familien Valdemar Berger Olsen, og det var tid til at bryde op. Man takkede af og tog sin frakke. Da den sidste frakke var løftet, lå på sengen i en lift et lille barn, kvalt. Familien var blevet en mindre

Valdemar Berger Olsen havde mange jern i ilden. Han blev i 1881 medlem af den broderlige Arbejderklasses Hjælpeforening og sad i bestyrelsen fra 1904. Efter aftjent værnepligt i 1884 blev han formand hos smørgrosser Knud Axel Friis og Edw. Walter, men da en Laubricht var startet for sig selv, tog han Valdemar med som formand i sit nye firma. I 1898 fik han efter ansøgning stilling som civilarbejder hos hærens laboratorium. Jobbet bestod i at tilse hærens artilleriammunition. Et stærkt betroet men noget ensformigt arbejde.

Valdemar Berger Olsen var kendt som en bestemt herre, men med 16 børn må det også havde været nødvendigt. Hjemme var der mange munde at mætte. Når den sidste havde fået, stod den første mund åben igen. Lønnen var 15 kr. om ugen og det slog ikke til. Han udnyttede nu sin uddannelse som snedker ved at renovere ejendomme i aftentimerne og weekenderne. Men ud over det og sit arbejde i krudttønden måtte han have noget mere at se til. Ellers blev han jo bare sat til at passe børn. Han sang som medlem af teaterkoret i mange år på Folketeatret og var i ti år korets kasserer.

Fra 1893 til århundredeskiftet var han bestyrelsesmedlem af brevdueforeningen "Danmark", og tillige arbejdede han for foreningen "Københavnske Legepladser" og Børnehjælpsdagen.

I 1901, 43 år gammel fik han kontakt med vin og spiritusfirmaet Carl Jesper Christensen og Co. på Gl. Holm. Hans nye svigersøn havde banet vejen. De ejede en del ejendomme, som han nu renoverede i kraft af sit arbejde som bygningssnedker. Fra 1911 til 1918 var han viceværet på deres ejendom Vesterbro Torv 55. Familien boede altid de steder hvor han var viceværet.

Dannebrogmand

"Mor – mor der står morfar og tisser", råbte Pernille i sporvognen, og alle folk rejste sig for at se "morfar tisse" på Vesterbro Torv. Valdemar havde forbindelse til en billedhugger der hed Harbo. Han kom hjemme hos dem, og en dag spurgte han, om han måtte hugge et par af børnebørnene. Han mente bruge dem som modeller. Der blev først takket nej men Yelva blev model, så hun står i mange hjem som en lille engel. Eigil blev også model. Han står i dag på Vesterbro Torv som en lille dreng, der tisser i springvandet.

Desuden havde de deres kolonihavehus "Sommerfryd" i haveforeningen Vennelyst lige op til Kløvermarken på Amager, hvor familien samledes om søndagen hver sommer. Mellem haven og Kløvermarken kørte Amagerbanen til og fra Dragør. Kløvermarken var flyveplads så der var flyopvisning fra 1. parket. En stor terrasse var bygget i højde med kolonihavehusets tag. Der var et bænkebord placeret, så man kunne spille kort og følge med i flyveopvisningerne.

Dannebrogmand

 Den 12 september 1906 lykkedes det Ellehammer, som den første
i verden, at lette fra jorden med sit fly på Kløvermarken.
 Senere var terrassen taget ned igen, måske var det for meget for
haveforeningens bestyrelse. Ved hangarerne var der en stander med
2 store kugler. Når de var hejst måtte ingen færdes på marken. Der
kunne lande et fly. Der var ingen vand i kolonihavehuset, det skulle
hentes i Holmbladsgade, så 2 børn blev sendt af sted med en spand
og stang imellem sig, hvor der sad 2 søm så spanden ikke gled.
Ungerne fandt snart ud af, at når spanden var ved at være tom, var
det bare med at stikke af til Kløvermarken.

De voksne spillede kort, børnene legede og alle søskende mødte op
med deres mænd og børn. Der var Hilda "Movseldronningen" blev
hun kaldt. Så snart der var et slag Movsel, var hun helt fremme i
skoene. Børnene kaldte hende "Hellefyret". Det var fordi hun altid
mødte op i en knald gul frakke og en hvid hat. Da hun ikke var ret
høj lignede hun et af de hellefyr der stod i gadekrydsene. Hun

ankom gerne på sin sofacykel, hvor hun havde rabarber med fra haven.

Børnene legede i haven og på kløvermarken hvor de plukkede vilde blomster i de skønneste buketter som de solgte for 5 og 10 øre, mens forældrene fik en velfortjent pause fra de mange ungers daglige krav.

Der var buske med bær og store frugttræer. Når pæretræet i september havde modnet sine frugter kravlede de store børn op og smed pærerne ned i kvindernes udbredte forklæder. Solen skinnede, fuglene sang og alle nød deres afslappede søndag.

Der var ofte havefest i kolonien med musik og dans, samt tombola for de spille glade, som familien jo havde en del af. Var der en af børnene der havde held i tombolaen, var der straks 3-4 tanter der havde lugtet det og spillede tæt op ad den heldige.

Børnebørnene, var flere af dem i samme aldersgruppe som Valdemar og Louises yngste børn. F.eks. var datteren Berthas Gunnar og Rigmor næsten lige gamle. Han fra 1903 og hans moster fra 1901. Det samme gjaldt Viola og Elga der kun var op til 5 år ældre.

I 1904 indtrådte Valdemar i bestyrelsen af den Den Broderlige Arbejdsklasses Hjælpefond som han havde været medlem af siden 1881. Dette var hans kæreste tillidserhverv. Den eksisterede i mange år og ved hans død blev der ophængt et stort billede af ham på kontoret, som sygekassens stifter, hvor det hang lige frem til den dag hvor alle sygekasserne blev slået sammen til en stor.

I 1911 blev han medlem af "Cirkelordenen". I 1918 solgte Carl Jesper Christensen ejendommen på Vesterbro Torv. Samme år sneg døden sig ind i de danske hjem i form af, den spanske syge. Sygdommen kostede 50 millioner mennesker livet, i Danmark 14.000. På få måneder spredte den sig fra Europa over Nordamerika og Asien til små stillehavsøer og selv i Alaskas vildmark.

Dannebrogmand

Husejer.

15. april 1919, 61 år gammel købte Valdemar ejendommen Bangertsgade 3. Den lå på hjørnet af Kapelvej og Griffenfeltsgade på Nørrebro lige ved Assistents kirkegården. Vurderet til 134.000 kr.

I sidebygningen havde han sit snedkerværksted. Han udførte selv alle mindre reparationer i ejendommen. Lejerne i side og baghuset var småfolk, som han ofte hjalp hvis der var noget galt.

De beboede selv 1.salen hvor både hoved og sidebygning var lavet til en stor lejlighed. Et meget flot "herreværelse" med plads til mændene og en stor stue med et stort rundt bord til damerne. Der spillede de Movsel og tjekkede op på børnene i gangene og soverummene. En gang sidst i 20érne var alle børnene inviteret på en gang på en børnehjælpsdag. Der var soveværelser i sidebygningen, der virkede som familiehotel når nogen var i vanskeligheder. Stod nogen uden tag over hovedet, flyttede de ind til de atter havde et sted at bo. Ved fødsler indlogeredes børnene til moderen var klar igen.

Der blev altid holdt fødselsdage og juleaften for alle der kunne komme, næsten 60 mennesker. Med hjemmelavet mad til alle. 3 mandelgaver til børnene og 3 til de voksne og julegaver til alle.

Et år havde Valdemar der var snedker på orlogsværftet selv lavet gaverne til mændene. Det var en utrolig fin kasse af træ, med 6 små æsker også af træ, til jetons. Børnene trak lod om deres gaver for at der ikke skulle blive misundelse. Ungerne kravlede ind under juletræet og spiste af godterne på grenene.

Det var som sagt lidt af en børneflok, de fleste fra ringe kår, med store forventninger. Lejligheden var fyldt op.

Alle glædede sig til julemiddagen. Risengrøden blev båret ind først. Børnene glædede sig til flæskestegen med de sprøde svære, og der blev sagt, "at den der kunne spise mest risengrød fik mest flæskesteg". Ungerne skovlede grød i sig og kunne selvsagt næsten ikke spise mere, da stegen blev båret ind.

Derefter blev der danset om juletræet. Gennem dørene i alle stuerne for at give plads til alle. En tur op og ned ad hovedtrappen,

Dannebrogmand

ud på køkkentrappen og videre ind i sidebygningen tilbage igen o.s.v.

"Her kommer Jesus dine små, een ad gangen, een ad gangen ikke mase på….."

Der blev også sunget en sang, som er gået i arv lige siden til hele familien "Væk fra døren Hansemand" Teksten er skrevet af Mogens Lorentzen, der også skrev "Højt fra træets grønne top". og melodien minder om den. Den blev sunget til fødselsdage og selv om sommeren, de kunne slet ikke lade være.

Det var et helt utroligt flot arrangement, som søskende, kusiner, fætre, aldrig nogensinde glemte, og samtidig undrede sig over at de gamle kunne magte at gøre det. I kærlighed til alle deres børn.

Den 30. juni 1928 var hans sidste tjenestedag og guldbryllup. Den dag blev han hjemme og brugte lidt tid på sin kone. På denne dag modtog han Dannebrogordenens hæderstegn for tro tjeneste i hærens krudthus "Dannebrogsmand".

Valdemar havde fået "Dannebrogs Ordenen" og børnene havde i det hele taget stor respekt for deres bedsteforældre. Bedstemor var kommet på besøg en dag, og bedstefar skulle komme lige fra arbejdet. Gudrun havde set sin bedstefar på gaden og spænet op til sin bedstemor.

"Bedstemor – bedstemor – deres mand er kommet" !!

Han var nu en fin mand, og det huede ham vel. Ved begravelser i Holmens Kirke skulle han stå bårevagt. Han forklarede i detaljer sin kone Louise, hvordan kisten var dækket med dannebrogsflag og ham selv stående højtideligt med hvide handsker og dannebrogskors.

Hun bøjede sit hoved i dyb respekt og æresfølelse for sin mand og sagde.

" Ja, hvis det ikke lige var dig, var det nok blevet en anden idiot"

Dannebrogmand

Efter Valdemars død 18. januar 1931, holdt Louise sin 75 års fødselsdag d. 3. maj 1934 i cirkelordenens lokaler på Frederiksberg hvor deres søn Henry stod for arrangementet.

Sønnen Valdemar jr. Omdøbte kolonihavehuset til ”Faders Minde”

Dannebrogmand

Louise døde få måneder senere 4. august 1934.

Ejendommen i Bangertsgade var blevet solgt og alle børnene fik hver en sum penge, som flere af dem købte hus eller sommerhus for i forældrenes ånd. Ejendommen blev senere revet ned og bygget op igen.

Epilog

Valdemar Frederik Berger Olsen, Dannebrogsmand, med et liv bag sig han kun kan være stolt af. Ikke så meget de fine titler han opnåede, men den kærlighed han sammen med sin kone Louise nærede til sine børn og børnebørn. Det sociale netværk de byggede op for at skabe en bedre tilværelse for familien. Han havde en stærk fornemmelse for, hvor han skulle sætte ind. Hans spor var tydelige, Sygekassen, legepladser, børnehjælpsdag og Cirkelordenen der gjorde det nemmere at komme i kontakt med de rigtige mennesker.

Da den spanske syge begyndte at tage hans børn og børnebørn, var han så langt fremme socialt, at han kunne købe en ejendom og tage de forældreløse børn til sig, da de ellers var endt på børnehjem. De tog imod alle med åbne arme og et kærligt sind og åbnede op for et fantastisk familieliv med et stort sammenhold indenfor musik, teater og socialt samvær.

Efter min mening burde han have et ridderkors mere, for alle de børn og børnebørn han reddede gennem sin flid og ønske om at skabe sikkerhed for sin familie.

Rigtige mennesker måles på det de gør, ikke det de siger de er.

Keld Berger Graugart

"Det har altid generet mig, at man ikke kan sætte danmarkshistorien i perspektiv når man læser en historiebog, besøger et slot, en kirke, en herregård eller et museum. – Det kan jeg nu.

`Danske Konger i Krig og Fred` er bygget op som en almanak/kalender sorteret i årstal, hvor kongerne som en rød tråd på en lang række stiger på, lever deres liv med krig og fred og forsvinder igen med et eftermæle. Kort sagt et historisk overblik. Med bogen ved sin side kan man nu placere et hvert spørgsmål i samtidens danmarkshistorie og derved vide hvor man befinder sig i kongerækken fra Christian 1. til Margrethe 2.

En oplagt bog til en historieopgave/studie og let forståelig."

forlaget@fogra.dk   fogra.dk

Danske Konger i Krig og Fred
452 sider fast bind
ISBN   978-87-998029-5-1

Danmarkshistorien fortalt på en enkel og let forståelig måde i den rigtige rækkefølge med kongerækken som en rød tråd. En almanak/kalender, hvor kongerne som perler på en snor træder ind på scenen, lever deres periode med krig og fred og forsvinder igen med et eftermæle.

Tænkt som et samlet overblik der sætter danmarkshistorien i perspektiv. Med bogen inden for rækkevidde kan man placeret alle fremtidige historieoplevelser og få en forståelse af, hvor i danmarkshistorien man befinder sig.

En oplagt bog på et skolebibliotek som grundlag for en historieopgave. Eller til efterkrigstidens historieløse generation. Dem, der ikke hørte efter i skolen, og dem, der på en enkel måde gerne vil vide mere om det, de gik glip af mellem frikvartererne.

Det er kongernes historie. Danmarks historie. Vores historie.

Anmeldelser

"Long John og Lollipops" er skrevet ind i "Barn af Islands Brygge" som slægtsroman

Det er en enkelt fortælleteknik. Lige ud af landevejen – og så en hastig finurlig pointe.

Der fastholdes en enkelt fortælleteknik, men forfatteren har altså en gudsbenådet evne til at sige meget med få ord. Der behøves kun en eller to sætninger til at karakterisere en person eller en situation, så den står levende og sanselig for os.

Graugart fortæller det hele i små overskuelige portioner. Sætter en scene, giver den liv – og afslutter som oftest med en hurtig finurlig pointe. Der er humor men oftest med en dybere mening bag ved.

Ref: Ulf B. Bjørton - Amagerbladet 13. august 2002

Du har lige medvirket, meget stærkt endda, til en storartet tur ned af min barndoms "memory lane" på Bryggen.

Jeg lånte to af dine bøger på biblioteket og læste dem i et rap. Næsten alt hvad du skriver passer i den grad på mig og mine oplevelser. Vi må have stødt på hinanden i barndommen, men jeg kan ikke hidkalde genkendelse umiddelbart...

Nå... men jeg er simpelthen nød til at skrive til dig, efter en fantastisk læseoplevelse som virkelig har været en "turn back time".

Der popper nye minder op, til højre og venstre, bare mens jeg skriver her... Din afsluttende novelle i romanen, fik virkelig mine følelser til at løbe løbsk. Den gamle `bryggebisse` "mig" sad og græd som pisket under finalen.

Bedste hilsner Tommy

Barn af Islands Brygge

244 sider fast bind
ISBN 978-87-998029-1-3

Hvad er tilfældigt og hvad er forudbestemt? Vores skæbner
ændres ustandseligt på få øjeblikke af vores egne og andres
valg og beslutninger. Roman, hovedsaligt baseret på virkelige
historier og mennesker med Islands Brygges 100 års historie,
begivenheder og stemning flettet ind.

Anmeldelser "Den Forkerte Hest"

Det må jeg sige. Det er blevet en meget god historie. Jeg elsker de steder hvor du lader personerne tale. Dialogen er god og spændende, især den med Svend. Og hvilket skønt eftermæle for både din farmor og din farfar, der viser, det menneskelige, frem for det politiske. Du tager de friheder man kan, når man skriver en historisk roman. Så du kan være rigtig stolt. Tror du nogen ville mistænke dig for at hedde Martin?

Henrik

Har netop læst bogen og den kan stærkt anbefales. En spændende og virkelig godt skrevet familiehistorie gennem krigsårene med både indlagt humor og alvor, flot flettet sammen med krigens alvorligheder... Den var svær at lægge fra sig.

Kirsten P.

Fantastisk at læse din bog. En rigtig god historie bog og en god måde at lære om 2. verdenskrig på. Du har rigtig mange "gode" ting med og nye ting, man ikke lige vidste eller havde glemt. Og så din humor. Hvor har jeg grinet. Gad vist om dem, der ikke kender dig, fanger dem?
Det er vildt besynderligt, at ingen af de gamle nogen sinde har sagt noget om alt dette. Jeg kan sagtens forholde mig til, at nogen mennesker nogen gange tager den forkerte hest på grund af omstændigheder. Hvor kunne jeg godt have tænkt mig at snakke med min far om vores farfar. Tusind tak fordi du skrev bogen.

Knus og kram fra din kusine.

166

Den Forkerte Hest
ISBN   978-87-989430-7-5
264 sider fast bind

Romanens røde tråd er Frits Clausens sysselleder Cresten Jensens liv gennem Danmarks besættelse fra A til Z.

DNSAP forvandling fra et arbejderparti til nazistparti, fortalt i den rigtige rækkefølge,der giver et klart billede af besættelsesårene.

Tyskernes besættelse d.9 april 1940, samlingsregeringen, kong Chr.X, von Schalburg, Frits Clausen, DNSAP, Hitler og Heinrich Himmler, Frikorps Danmarks kampe i øst, engelske bombardementer, Atlantvolden, Blåvandlejren, den spirende modstandsbevægelse, Frihedsrådet, den usynlige hær, regeringensfald 29. august 1943, Gestapo i Danmark, Dr.Werner Best,jødernes flugt til Sverige, Schalburgkorpset, Hvidsten, D-dag, Kaj Munk, politiet arresteres, hjælpepolitiet Hipo, sabotager, Schalburgtage, frihedskæmpere, folkestrejken,Vandel Flyveplads,værnemagere, Shellhuset, likvideringer,Hipos borgerkrig med modstandsbevægelsen, befrielsen og det retslige efterspil.

Anmeldelser

Jeg har med stor fornøjelse læst "De Blå Bjerge". En rørende og vildt hyggelig roman. Det var næsten øv da jeg blev færdig med den.... Og kæmpe ros til dig, hold da op hvor er du god til at skrive og komme omkring detaljer, så man hele tiden bliver underholdt og fanget af historien...

Bente S.

Fantastisk spændende historie og rejsebeskrivelse. Måtte bede min mand om at `klappe i` mens jeg læste. Kunne simpelthen ikke lægge den fra mig før jeg var færdig.

Sanne E.

Denne bog er på samme tid en spændende roman, et indblik i den Australske kultur – og et stykke historie. Historien bliver ikke ringere af at bogen bygger på virkelige mennesker og begivenheder. Man skal ikke mange sider ind i bogen, før man bliver grebet – og først i stand til at slippe den igen efter sidste side.

Jens K.

Fik læst din bog. Kors du skriver godt – det var en fornøjelse. Velskrevet og superfin bog

Helle W.

En fremragende roman, som man har svært ved at lægge fra sig, da der hele tiden sker noget. Forfatteren sørger ikke bare for at underholde, men giver også læseren en faglig viden om geografi, kultur og historie. En fantastisk og gribende bog der sætter følelser i gang hos læseren.

Susan S.

Læst på vej til New York:
Du er god til at holde spændingen ved lige, Keld

(krimiforfatter) Sara B.

De Blå Bjerge
384 sider fast bind
ISBN 978-87-989430-9-9

I midten af 1950`erne rejste australske konsulenter rundt i Danmark og holdt foredrag om det forjættede land "Down Under", Australien. Mange blev grebet af tanken om at emigrere til et bedre liv end efterkrigstidens Danmark med lavkonjuktur og arbejdsløs hed. Vi følger 5 mænd i 30 års-alderen der mødes på emigrationsskibet "Tahilian". Deres trængsler i et forsøg på at overleve en ikke helt ufarlig rejse.Alene i en fremmed verdensdel med hele deres historie og identitet i en kuffert.Med i bagagen har de hver deres dags -orden og fortid

Lektorudtalelse "De Blå Bjerge"

Keld Graugart, der siden 2002 har skrevet fire lokal- og slægtshistoriske bøger, debuterer nu som romanforfatter. Perspektivet er stadig slægtshistorie, mens lokaliteten er rykket så langt væk fra Danmark som muligt.

Historien starter i 1957 på et fragt- og passagerskib på vej fra Europa til Australien.

Ombord er fire unge danske mænd plus en østriger med vidt forskellige baggrunde, men med det fælles mål at skabe en ny og bedre tilværelse i landet `down under` fuld af muligheder.

At integration under så fremmede forhold er en vanskelig disciplin, ved vi alt om i dag. Således også for 50 år siden, men med en passende blanding af gå på mod, sammenhold, held, og dygtighed lykkes det mændene at finde hver deres niche på det store brogede kontinent, der byder på masser af udfordringer, utraditionel jobtræning og vaskeægte eventyr.

Undervejs i fortællingen bliver læseren klogere på Australiens historie, geografi og natur. De små foredrag med faktuelle oplysninger er som regel lagt i munden på gruppens Kloge`Aage, Peter, der er uddannet historielærer. Heldigvis forstår forfatteren at dosere sine belæringer med måde, så det ikke går ud over den elementært spændende handling, og kommer til at fungere som et velkomment supplement for den videbegærlige læser.

Mod slutningen får bogen en selvbiografisk drejning. En af de udvandrede ungersvende, Knud, har i Danmark efterladt kone og børn, som det er meningen skal følge efter, når han har etableret sig i det nye land.

Misforståelser, utålmodighed og dårlig kommunikation betyder, at familiesammenføringen aldrig finder sted, og i 1980 beslutter Knuds søn, Martin, på egne og den kræftsyge lillesøsters vegne at rejse ud og opspore den tabte far. Om det lykkes, må man læse bogen for at finde ud af.

"De Blå Bjerge" er en rigtig drengeroman for voksne. Spækket med eventyrlyst, spænding, glæde, alvor og ikke mindst en herlig underspillet humor, som træder igennem de mest overraskende steder.

Claus Bundgaard
Københavns Biblioteker

Slægtsbøger

ISBN 87-984676-4-6

ISBN 87-989430-0-6

ISBN 87-989430-3-0

ISBN 87-989430-2-2

Dagen i går.

Tillad mig her på denne sidste side at takke for et godt liv i fred, frihed og velstand hvilket ikke er en selvfølgelighed, men en glemt gave som andre har kæmpet hårdt for i generationer og kun få har oplevet. En tak til alle dem der har krydset min vej. Ikke mindst min elskede familie.

Sørg ikke for længe over mig den dag jeg tjekker ud og lad sorg blive til gode minder. Jeg er desuden ret sikker på, at jeg vender tilbage og undskyld hvis jeg ikke nåede at sige farvel. Jeg ved nu at mit liv har været en lang rejse i kærlighed.

Jeg takker jer alle sammen.

Dagen i morgen.

Om hundrede år er alt det levende du ser omkring dig lige nu dødt med nogle få undtagelser. En havskildpadde svømmer måske rundt Palle-alene i verden og tænker, "Hvor i helve.. er de alle sammen henne?"

Mennesker, dyr, planter. Alt levende som du kender i dag er væk og skiftet ud med vores efterkommere. Terrorister, dyrearter, klima og alt det som du ikke kunne undvære.

Så det er det vi gør lige NU der bestemmer fremtiden.

Vågn op og kæmp for fred og din frihed, inden nogen tager begge dele fra dig.

Keld Berger Graugart - født 1951

Fogra.dk

Det er svært at spå. Især om fremtiden.
Hvad sker der feks. fra marts 2022 til 2033